L'HOMME

DE SÉDAN

Bruxelles. — Imprimerie de A.-N. Lebègue et Cᵉ, 6, rue Terrarcken.

L'HOMME

DE SÉDAN

PAR LE

COMTE ALFRED DE LA GUÉRONNIÈRE

Il mourra dans l'impénitence finale.

(Eclesiaste.)

CINQUIÈME ÉDITION

BRUXELLES

OFFICE DE PUBLICITÉ

IMPRIMERIE DE A.-N. LEBÈGUE ET COMPAGNIE

RUE TERRARCKEN, 6

—

1870

INTRODUCTION NOUVELLE

DE LA CINQUIÈME ÉDITION.

L'accueil flatteur fait par le public à cette œuvre, ayant laissé quatre éditions insuffisantes pour défrayer les demandes, rend de nouveau la parole à l'auteur. Il n'en abusera pas. Nous n'avons rien à ajouter au texte; nous lui laissons la forme dans laquelle l'a produite l'indignation. Aux émotions de notre douloureux pèlerinage est venu se joindre le murmure de honteuses machinations. La presse belge a témoigné de l'intrigue signalée par nous. A quelques semaines du jour néfaste, on peut juger, aux échos de l'Europe, si notre patriotisme a poussé sans raison le : *Garde à vous!*

A quelques lieues de la Meuse, que rougissait naguère le sang de nos soldats, en face de Bazeilles incendié, de tant d'autres ruines, l'ambition, qui a ce baptême de sang, osait encore s'afficher. Il semble que la figure de l'*Homme de Sedan* a dépouillé la honte sous un nouveau masque d'emprunt.

Lorsque nous avons cru devoir prendre l'initiative sur l'arrêt que la génération contemporaine adresse à l'histoire, en vérité nous n'étions déjà qu'un écho, sous la grande voix de la conscience humaine. De toute part, en effet, nous arrivaient mille détails : leur étrangeté, propre à enflammer le flegme le plus impassible, leur assignait plutôt le caractère étouffant du cauchemar que celui d'un fugitif rêve. — Il y a lieu de citer l'adage : *Le vrai peut quelquefois n'être pas vraisemblable.*

Au plus fort d'une lutte mortelle qui renferme le sort de la nation dont l'héroïsme fait partie de l'épopée, celui qui fut tenu seul responsable des conséquences, par Guillaume, se remet à conspirer encore. — Le prix, c'est la reprise de ce pouvoir

qui s'est évanoui par l'acte le plus honteux des
annales du monde. — Pour avoir la vie sauve
abrité dans un palais, Napoléon III n'a pas hésité
à faire de Sedan le tombeau de l'empire, où il a
engouffré l'armée que la France affolée avait re-
mise à ce qui n'était que l'impuissance d'un nom.
— O fatal mirage ! — Le délire de l'absolutisme,
c'est une touche d'abîme.

Quand se fera le bilan du passif que ce César
dégénéré a posé sur la France, sans parler de
celui de sang qu'il a mis au compte de l'Allemagne, l'esprit d'humanité reculera d'horreur.
Vainement le génie, la gloire des armes, l'habileté
diplomatique, la sagesse constitutionnelle ont
concouru à l'envi à notre grandeur nationale ;
vainement le souvenir en est consacré dans le
palais de Versailles que leur dédia Louis-Philippe;
hélas! les images de ces grands hommes sont
aujourd'hui les prisonnières de l'envahisseur. Tout
le capital conquis, accumulé par les siècles a été
follement engagé, dissipé, par un insensé, météore
de ce désastre. Le faible intervalle écoulé de la

présidence à l'écueil de Sedan, dix-huit années, ont suffi pour jeter au torrent les attributs de la France royale séculaire, et ceux du rapide mais fécond passage du régime constitutionnel. Jamais la pensée d'un grand poète n'a trouvé une plus terrifiante application : « Il faut des siècles pour fonder un empire, il suffit d'une heure pour le renverser. »

Nous pourrions nous arrêter sur cette remarque, si bien appropriée au sujet. L'auteur va mettre en relief la pensée de la brochure, dans un dernier tableau. Le bonapartisme, ce négateur de tous les principes qui oppose au peuple les constitutions de l'ancien Empire, aux traditions monarchiques, la prétendue volonté démocratique ne voit, ne poursuit qu'un but personnel. En 1815, lorsque s'avançait l'Europe coalisée, la coterie implacable pressait le maître de conserver par la violence le pouvoir frappé à mort, sur le champ de bataille de Waterloo. Il s'agissait de faire enlever par ses séides les Lafayette, Dupin, Lainé, Pontecoulant, revendiquant le salut, par le droit national, à relever des cendres du despotisme militaire. C'était pour un homme, chair périssable, vouer une nation à l'holocauste. — Aujourd'hui, que la situation est plus grave encore, que trouvons-nous ? — Sur la scène lugubre apparaît l'homme fatal. Autour de lui s'agite la coterie acharnée à ressaisir la proie. A l'instar du maître, ce protée de l'âge moderne, des messagers habiles à prendre tous les déguisements, tentent les crédulités, les défaillances, les peurs. Au fond, il n'y a que la morale traduite d'un adage célèbre : *Qui potest capere capiat.*

Mais pour couronner de nouveau le crime national, il faut mettre la France en pièces. Ce ne serait plus Allah et son prophète, ce serait la France à la merci de celui qui l'a perdue et livrée. Ah ! s'il y a une ironie, capable de donner raison à l'impie, ce serait ce défi jeté à la foi, à la vertu, à la Providence. — Ce forfait ! — A-t-on calculé les soulèvements de la conscience humaine, la révolte de la royauté à laquelle on proposerait cette complicité. Non, jamais ! Celui qui

se porte l'héritier du droit divin ne voudra in-
scrire le nom couronné de victoires, hélas! bien
douloureuses pour la France, comme emblème du
trône souillé où reviendrait, en profanateur, le
spectre de Wilhelmshœhe!

AVANT-PROPOS.

En vain la Providence, le sort des armes ont prononcé sur l'empereur renversé sous le poids de ses fautes. Du pouvoir qu'il avait élevé sur la violation du plus solennel serment, il s'est précipité lui-même dans la captivité. Celui qui a fait verser tant de sang ne voulait pas risquer le sien. Sa valeur, célèbre dans les bulletins officiels, a fait défaut au champ de bataille : il semblait qu'une si honteuse chute n'eût plus qu'à se dissimuler dans l'égoïsme d'une paisible retraite.

Au lieu de ce que lui prescrivait la pudeur la plus vulgaire, le bonapartisme, faisant de la mauvaise foi le cortége de sa défaite, intervertit les rôles, travestit les responsabilités : il y a donc l'urgence d'un devoir à dégager la lumière. J'avais voulu exposer l'idée sans enseigne. Après avoir lu, on comprendra pourquoi j'ai décliné l'anonyme. — C'est donc à visage découvert que je viens soutenir les droits de la vérité dans la justice. Puissé-je en réfléchir le rayonnement, sans lequel tout est ténèbres! En effet, il a dans la vie de ces conjonctures solennelles où se taire, c'est être complice.

Le moyen, en vérité, de contenir l'âme prise de douleur devant cet océan de ruines et de désastres ! La vue s'y trouble, la pensée s'y anéantit à ce point que le passé le plus saillant n'est plus qu'un point perdu.

L'homme aujourd'hui soumis au jugement de l'histoire n'a-t-il pas conspiré successivement contre son pays, ses institutions ? Les divers Etats de l'Europe, la grande république des Etats-

Unis elle-même ont été l'objet de ses trames. Il commença par rêver, décréter même, un jour, l'annexion de la Belgique (1), cet heureux pays où le malheur de la France a recueilli des sympathies, qui se traduisent en une admirable assistance pour les prisonniers et les blessés. C'est touchant. Honneur et merci aux Belges et au gouvernement de cette généreuse nation !

Hélas ! la France, abusée par le charlatanisme organisé qui avait accaparé jusqu'au monopole de la publicité, doit savoir aujourd'hui que l'homme aux *coupes sombres*, a étrangement employé les forces que, lui a livrées le coup d'Etat sanctionné par les *plébiscites*, ce grand remords *national*. Il n'a servi qu'à féconder les anarchies par l'anarchie d'une origine criminelle ! Jamais expiation n'a été plus terrible.

Eh bien, devant cette prétention qui étale le cynisme dans l'audace, — après Sedan, cette pierre sépulcrale du déshonneur sur un nom,

---

(1) Le maréchal St-Arnaud s'opposa à l'attentat. Cette trame ne fut point abandonnée, comme en témoignent les papiers des Tuileries.

sur une race, les laves de l'indignation la plus
ardente ne peuvent être que les scories d'un volcan : il a pour foyer la fournaise de l'indestruc-
tible anathème.

Un journal publié à Londres, spécialiste de la
restauration bonapartiste, avec l'argent dont on
sait l'origine, *la Situation*, entreprend la propagande du mensonge — et de la calomnie. Il s'agit
de faire renaître le pouvoir écrasé sous la bombe
que le césarisme plébiscitaire a fait éclater contre
lui-même. Nous avons recueilli une bombe prussienne sur le champ de bataille de Bazeilles; elle
fut inoffensive, comparativement à celle que Napoléon fit éclater sur la France trompée. La première n'a atteint que quelques membres, ce qui
est déjà trop ; la seconde laisse une nation gisante
sous le coup de l'ennemi. Voici le legs de l'empereur au pays qu'il brûle de victimer encore.

C'est donc l'heure d'ouvrir l'instruction criminelle, ne laissant aucune issue aux faux-
fuyants. Combien de faits, de témoignages accablants vont en surgir ! Déjà ils font irruption dans

la presse de l'univers, qui, chaque jour, rend plus retentissant et unanime l'écho accusateur. Ce sont les préludes d'une dégradation ; les rois scandalisés ne déclineront, pas plus que les peuples, la voix de ce tribunal qu'on appelle l'opinion.

Mais l'auteur de tant de maux est celui qui, après en avoir provoqué, même consacré la cause, tout à coup, au mépris des avertissements de M. Thiers, ce Nestor de la politique, a prétendu étourdiment faire rebrousser l'effet. Devant la France, l'humanité, reste donc le véritable coupable, l'entrepreneur de ces hécatombes de la mort, bien dignes de ce nom fatal.

C'est ce que nous allons démontrer.

COMTE ALFRED DE LA GUÉRONNIÈRE,

CHATEAU DE THOURON,

HAUTE-VIENNE

(FRANCE).

I

Un homme s'est rencontré, non tel que Crom-
well, pour faire amnistier son usurpation par la
gloire et la prospérité nationales. A l'encontre du
Protecteur, le prétendu sauveur de la mascarade
sanglante du 2 décembre, a engagé, profané,
perdu le patrimoine sacré, remis en ses mains, par
un peuple pris du vertige d'un nom fastique. —
C'est par ce sortilége, qui entraînera toujours la
foule dans le piége, que le berneur des paysans
dont l'ignorance ne saurait discerner ni principes, ni libertés, ni supériorités, a pu follement
bouleverser la tradition des âges, faire insulter

1

la gloire, — emprisonner les plus illustres de l'armée de la tribune, — flétrir les plus honorables services, — démoraliser le suffrage universel, au sein duquel il plaçait le ver rongeur de la candidature officielle, — désorganiser toutes les branches, — faire pulluler les traitants, les péculats, les désordres en tout genre, allant jusqu'à offrir au pays une fausse armée, un matériel mensonger, enfin — pour dénouement tragique de cette comédie de vingt ans, lui donner la capitulation de Sedan, cet abîme dont le patriotisme et même l'étranger osent à peine sonder la profondeur.

II

Maitre des emplois, de la fortune publique, chef d'une bande de sycophantes, de séides, — enrôlant toutes les ambitions, les cupidités, — enlaçant le pays dans les rets d'une police innombrable, — faisant tristement dire : " L'Empire, c'est l'espionnage, — affaiblissant l'armée du pays pour donner à sa personne une garde prétorienne où la patrie s'éclipsait devant l'homme distributeur des grades et des croix, — comptant, dans tous les recoins d'une administration formidable, des condottieri prêts à tout, ces Corses dont " les Romains, au dire de Tacite, ne voulaient pas pour esclaves : On sait quel

fut son sacre de sang et de proscriptions. On
a raillé les symboles qui empruntent leur prestige au passé, où la religion s'unit à la tradition
héréditaire, sous le bandeau des souvenirs qui
moralisent une nation. Reims et son ampoule ont
fourni aux Beaumarchais de la critique un texte
d'inépuisable satire. Serait-ce mieux de canoniser
la dérision plébiscitaire, sous la surveillance d'une
soldatesque en débauche? Pour cette investiture,
il y a deux vedettes, l'ignorance et la peur. — On
peut raccoler les *oui*, le sang reste, ils ne le la-
vent pas.

Qui ne frémit en songeant à cette nuit du 2 décembre, quel tableau en a été fait! Mais ces hor-
reurs, les émotions qui s'y rattachent, sont indes-
criptibles et mettent en mémoire ces paroles :
« le sang appelle le sang, comme l'abîme appelle
l'abîme. » Malheureux peuple, que celui où le
pouvoir a une si criminelle origine ! Qui contestera
que Napoléon III s'est faufilé par une voie de
sang et d'un système de terreur, près duquel a
pâli dans ses effets, celui des Danton et de Robes-
pierre ! Encore ces hommes, auxquels s'attache le
juste stigmate de l'histoire, avaient-ils pour excuse
la patrie à sauver ; mais Napoléon venant, après
Lamartine, qui avait tenu docile la foule et les clubs

révolutionnaires ; après Cavaignac, Lamoricière, Bedeau, qui avaient désarmé l'émeute de la rue ; qu'était-il autre qu'un exploiteur qui, se couvrant du masque de l'ordre, créait le désordre ? Sous le vain prétexte de sauver la société, il allait ouvrir pour elle, pour l'étranger et la nation, cette cascade de défiances, nécessitant ces armements ruineux. Ils appelaient Sedan la plus funeste page de l'histoire de France, le siége de Paris, ce malheur immense, dont le fait seul est un désastre.

Et lorsque ces désolations épouvantent le monde, soulèvent contre leur exécrable auteur l'indignation des plus indifférents, alors que le Prussien lui-même, avant d'avoir semé la désolation dans les maisons envahies par lui, semblait, faisant la part de l'humanité, déplorer " que l'agresseur de son roi ", comme il le dit, l'ait obligé à cette rude et triste besogne, — que fait ce fugitif ?

Après avoir détourné, pour le soin de sa personne, et celui de ses luxueux bagages rappelant les rois asiatiques, des forces si nécessaires là où l'on se battait, il se livre (1). Lui-même fournit la serrure qui va river la chaîne de captivité d'une armée, sur laquelle reposait le sort de la France.

(1) La lettre du général Wimpfem ne permet plus l'équivoque et ne laisse plus d'accès à la mauvaise foi : elle anéantit le certificat d'innocente aumône des aides de camp.

L'ambition exclusive d'un homme se joue de l'une et de l'autre. — Alors, emportant les débris de ses splendeurs insensées, étalage sous lequel, aux yeux de la foule hallucinée, il dissimulait sa petitesse, il ne rougit pas de montrer à son austère vainqueur, aux Germains étonnés, le contraste de tant d'humiliation avec la file des chevaux qu'il transporte dans un somptueux exil. — Les récits de ceux qui l'ont vu, à cette heure, pour lui grosse de tant de remords, respirent une pénible impression. Comment ne pas la ressentir, alors que ce faux empereur, source de tant de misères et de larmes, son éternelle cigarette *d'hébétement* à la bouche, ayant pour réponse aux plus saisissantes causeries le continuel tic du tourment de sa moustache, lorsque, disons-nous, *cet envoyé de la fatalité*, que le chrétien nomme plus justement la colère divine, va se pavaner impassible dans le sybaritisme d'un palais du triomphateur, aumône que celui-ci fait au vaincu.

Voilà l'homme — ce n'est qu'un pâle galbe — de ce que cette figure dite longtemps indéfinissable a frayé, dans son cours de vingt ans, c'est-à-dire la voie de la décadence, comme s'il se fût donné la mission de creuser le tombeau de la France.

III

Ah ! celui qui écrit ces lignes, faisant écho à la
grande voix de Chateaubriand, son premier et
glorieux maître et modèle, crie à son tour, " non,
je ne veux et ne puis croire que j'écrie sur le tombeau de la France. "

Si cela pouvait être, il y aurait de quoi élever
contre la Providence l'amertume de l'imprécation
du poète orateur qui, à travers l'apothéose, des
cendres, entrevoyait l'écueil où poussait la séduc-
tion d'un symbole. — Vainement plus tard, Lamartine tenta d'écarter le masque qui dissimulait
à la foule l'homme sinistre. Le peuple abusé

éleva de ses propres mains, au sommet de l'empire ce souverain du désastre. Il enveloppe la patrie qui, comme Rachel, veuve de sa gloire, pleure ses enfants. Ce *sauveur*, comme il s'intitulait fastueusement, lui a-t-il fait assez boire au calice des douleurs et des hontes? Combien de ruines encore? Combien de morts exigent l'ineptie et la trahison qui ont été le solde final laissé à la France!

Ceci dit, dans la sincérité de la conscience, pour la justice de l'histoire, dont le flambeau fera tomber l'œil sur de bien plus tristes découvertes et lamentables effets, nous aborderons une rumeur venue de la presse officielle de Berlin.

IV

Ces mystères d'iniquité — ces tripotages de toutes sortes empruntant les formes de pot-de-vin, ces audacieuses mises en commun de bénéfices à prélever par les associés sur la crédulité publique, drainant l'épargne des familles, affectant le capital provincial — ces marchés usuraires, l'exploitation des fournitures, les devis surfaits dans le monopole des travaux publics et adjudications de l'Etat : la commandite de toutes les cupidités liguées ensemble contre cette pauvre nation livrée en proie aux cormorans — les licences accordées par le conseil d'État et le souverain ayant la manche large, à des sociétés de malheur, telles que celles du Crédit mobilier et tant d'au-

tres — les agents financiers transformés, un beau
jour, en pêcheurs pour appâter, amorcer le capital, en faveur du Mexique, guerre entreprise pour
le profit de quelques spéculateurs, grâce à une
misérable majorité de serviles, vainement avertis
par l'illustre Thiers : — tels sont les souvenirs qui
non-seulement blessent la France, mais encore
l'humanité, aussi l'honneur des couronnes, dans la
moralité dont les gouvernements doivent l'exemple aux peuples. Ah ! voilà des témoignages
qui se lèvent accablants, solennels pour protester contre une ténébreuse intrigue de l'empereur déchu et ses associés; de leur part, il faut
s'attendre à toutes les folles conceptions; on dirait des joueurs désespérés. Pour retrouver leurs
grosses prébendes, non conquises par des services,
mais fruit de l'abjecte courtisanerie, que ne fe-
raient-ils pas ! (1)

(1) Nous laissons parler un témoin oculaire, sur le témoignage de
l'*Étoile belge.*

« Ce qui m'a le plus frappé, lorsque j'ai vu l'empereur, le prince Ney de
la Moskowa, Pajol, Castelnau et Reille, le 2 septembre, au château de
Bellevue, ç'a été leurs brillants uniformes ; on eût pu croire par la splen-
deur de leurs vêtements qu'ils étaient les maîtres de la situation. Il paraît
que ceci n'a pas fait le meilleur effet sur les soldats français fatigués et
harassés. La veille de la bataille de Sedan lorsqu'une partie de l'armée de
Mac-Mahon a vu arriver l'empereur, son état-major et toute sa maison
militaire, dans leurs splendides costumes, pas un soldat n'a crié : « Vive
l'Empereur ! » Quant à la maison militaire, elle a été huée. Les zouaves
les ont engueulés, m'a dit un officier, en se servant d'une expression un
peu soldatesque. »

V

Quoi qu'en puissent dire les journaux officiels et la presse de Berlin, ceux qui tiennent pour principe que la moralité d'un gouvernement doit répondre à celle de la conscience humaine ne sauraient admettre une aussi téméraire allégation, en ce qui se rattache à ce projet qui laisserait un honteux rôle à la Prusse. Car il est une loi souveraine qu'on a dit avec raison être la religion de la terre et que Montesquieu a définie être l'essence d'une monarchie, c'est l'honneur. Eh bien! on n'y forfait pas impunément, quelque puissant que l'on soit, à la face du monde.

Napoléon III en a subi le châtiment; avant lui, son oncle, qui était l'Attila acharné aux vieilles dynasties, en avait fourni la preuve encore plus frappante, lui l'assassin délibéré de Condé, le voleur de couronnes mêmes par guet-apens, au besoin, comme il le fit pour l'Espagne, l'*insulteur* de l'héroïque et belle Louise de Prusse laissant un volcan de colère, au cœur d'un peuple dont la France plébiscitaire, folle, chauvine, est la victime aujourd'hui. — Quand on n'est ni Catilina, ni Napoléon III, quand on a le respect d'un nom, de ses souvenirs glorieux, celui de l'opinion du monde, on n'assume pas inconscient de la pudeur et du sens commun, la responsabilité d'un outrage qui ne s'adresserait pas seulement à la France indignée, protestant par son dernier homme de cœur et d'honnêteté, mais qui appellerait le *tolle* de l'Europe. Elle lancerait le stigmate à l'Erostrate qui viendrait brûler le temple où la moralité humaine a élevé l'autel des honnêtes gens. Là il n'y a pas deux manières de sentir, de percevoir, de conclure, ce n'est pas une règle autre à Berlin qu'à Paris, à Londres et à Saint-Pétersbourg.

L'écho de la cabane répond à la voix des villes; l'ouvrier, dans son échoppe, concorde avec l'aristocrate, lorsqu'il s'agit d'honorer ce qui est

grand, de flétrir ce qui est odieux. — Voilà ce
qu'on appelle l'opinion : elle assigne à chacun sa
place. La noblesse des actions se détache dans sa
lumière, le stigmate se pose sur les profanateurs.

Ainsi donc, à ce point de vue, il est facile de
faire la part de chacun et de pressentir le cours
des choses. Quelque prix que puisse offrir le bé-
néficiaire déshonoré d'un pareil marché, quelque
disposé soit-il à fouler toute décence, à faire du
peuple dont son nom a surpris la confiance, la litière sanglante d'une âpre convoitise, succédant
à l'ambition effrénée qui lui a fait engager la
guerre, sous un fallacieux prétexte, oh! ce n'est
pas un roi de race qui descendra à la bassesse
d'un pareil marché, qui peut laisser le laurier
de la victoire s'égarer, se flétrir dans une pareille
boue (1).

Quelque grande fût la soumission de sa poupée
impériale, prête, au besoin, pour retrouver les
vaniteuses mollesses de son sybaritisme couronné,
à faire de sa main l'étrier de son vainqueur, eh
bien! celui-ci, par le fait de l'abjection même de
sa créature restaurée, ne peut et ne veut épouser
le discrédit, provoquer l'horreur qui surgirait

(1) Le discours de M. Thiers, dans la séance du Corps législatif du 15
juillet 1870, exclut le démenti *posthume* de l'empereur.

d'une si honteuse anomalie. Quoi! ce serait là le prix du sang versé à torrents, de ruines par milliards, tapissant la France, et refluant sur l'Europe atteinte elle-même par l'anéantissement de tant de valeurs, où puisaient son commerce et son industrie! Quelle ironique compensation au deuil de tant de familles qui, en Allemagne, pleurent aussi des héros confondus dans l'ossuaire des nôtres, sur tant de champs de bataille d'une guerre, dont est uniquement responsable cet homme sinistre, l'empereur des *plébiscites!* C'est justice d'y solidariser sa majorité formée par la candidature officielle, cette forêt de Bondy du suffrage universel. Dans un ouvrage, l'acte d'accusation le plus complet et le plus énergique qui, — suivant l'expression du *Temps*, — ait été dressé contre la politique intérieure et extérieure du second Empire, les plaies du système ont été dévoilées dans leurs terrifiants aspects (1).

Que celui, tour à tour meurtrier, — ravisseur de l'antique et légitime patrimoine de la maison d'Orléans, lequel avait été respecté et tenu pour inviolable par la république de MM. Crémieux,

(1) *La Politique nationale,* grand in-8° de 500 pages. par le comte Alfred de la Guéronnière, auteur des *Hommes d'État de l'Angleterre, de la Prusse et de l'Europe;* de *la France et l'Europe,* de la *Voix de la France,* etc., formant les annales de toutes les défaillances du second Empire.

Ledru-Rollin, Louis-Blanc, par la nation ; — que
le dilapidateur du fonds national et, en particu-
lier, du budget de la guerre ; — que l'inventeur
du plébiscite, cette façon d'escamotage, par le
crible de l'ignorance du paysan ou de la passion
populaire si facile à enflammer, appliquant les
procédés de Robert Houdin à la souveraineté non
conquise, mais artificieusement dérobée aussi dex-
trement qu'une muscade ; — que le conspirateur
dont les ténébreux desseins ont eu tour à tour pour
objectif les peuples flattés, entrainés et aban-
donnés, les couronnes et Etats divers qu'il a prétendu dissoudre, les uns par les autres, avec un
machiavélisme en action qui, finalement, s'est
retourné en expiation contre le provocateur ; — que
l'entrepreneur d'un pareil et si complet chaos, à
l'aide d'un diadème et d'un nom dissimulant, pour
la foule, son indignité, ait pu persuader aux paysans, voyant, les uns en lui un sorcier, les autres
par le fanatisme de l'oncle, tôt ou tard, l'infaillible
rénovateur d'Austerlitz et d'Iéna ; enfin, par sa
fourmilière d'agents et sa cascade de mensonges
du charlatanisme, sous toutes les formes, ayant
mis dans toute la gent rurale et fonctionnariste
l'écho adulateur que lui seul, Napoléon III, plus
fin que les rois ses frères, inférieurs en génie, plus

profond que le comte de Bismark , les Gortscha-
koff, les hommes d'État de l'Angleterre et de tous
pays, finirait, comme coup décisif du maître, par
recueillir les épaves du naufrage de ceux dont il
avait marqué la chute, à l'heure où il lui plairait
de sonner leur agonie , sur le cadran du temps;
— que cette pluie d'adresses, de compliments, de
consécrations idolâtres , par les corps constitués,
dans un esprit de servilité digne des jours dé-
gradés du bas-empire, — qu'un magot de telles
flatteries, élevé par les Rouher, les Lavalette et
tant d'autres , à l'infaillibilité d'un dieu , objet,
pour ces tigellins, de plus d'hommages sur le trône
de sang et de boue du 2 décembre que le roi
des cieux ; — qu'halluciné par les voluptés et la
vapeur que des courtisans pareils devaient répandre dans cet esprit sombre d'abord, détraqué
plus tard, il ait pu pousser l'infatuation jusqu'à
se croire missionnaire de la fatalité pour reporter
à l'Europe (1) monarchique ou constitutionnelle

(1) Un homme dont l'atticisme de langage burinait la pensée, M. Cousin,
me disait un jour : « Napoléon me fait l'effet d'un pirate qui, envahisseur
d'une île, veut légaliser sa déprédation : voici comment il s'y prend : il
occupe l'escalier et le rez-de-chaussée et se fait le truchement des communications entre les intérêts et classes : il dit aux pauvres, aux travail-
leurs relégués dans les dessous inférieurs, en leur montrant les étages
supérieurs : Vous entendez ces cris de joie des riches, des privilégiés, ah ! les
égoïstes, ils vous laisseraient mourir de faim, mais fiez-vous à moi,
pauvreteux que vous êtes, je vais les mettre à contribution pour vous

qu'il enveloppait dans le même ostracisme, la dissolution qu'il a inoculée à la France, où il a tout bouleversé, sans rien reconstituer ; qu'au-dessus de cette mer de larmes survive l'homme sinistre voulant ajouter des ruines à celles dont il a

secourir : « alors on découvre la perspective chatoyante du socialisme; puis, se retournant, ce trompeur, par inclination et calcul, dit aux riches : « Vous entendez ces rugissements de convoitise contre vous, on veut vous dévorer, le spectre rouge vous guette, moi je le contiendrai, je l'anéantirai ; seulement, cela exige de grands sacrifices ; on ne saurait trop payer sa sûreté. » Alors on accroît l'impôt, on multiplie les emprunts. *Je n'ai rien tant de peur que de la peur, disait le sage Montaigne.* » On sait, en effet, où a abouti cette double mystification ; que, procédant par voie tortueuse, en homme nourri d'une haine contre le passé dans ce qu'il avait d'auguste, contre le génie dans ce qu'il offre de recours à une nation trop longtemps abusée, ne voyant que ses sycophantes, il ait mis pour lui et pour eux la France en coupe non réglée, mais sombre ; — qu'il l'ait drainée, saignée, et par la formation de ces sociétés rapinières, par l'octroi à ces traitants, accapareurs établis sous l'enseigne de l'estampille impériale ; — que, sous le prétexte qu'à lui seul appartenait le pouvoir de constituer ou d'effacer ; — qu'en lui, par la délégation plébiscitaire, résidait la démocratie autoritaire, dès lors, pouvant aviser comme bon lui semblerait ; — qu'à ce titre suspect, mais acclamé par la tourbe des stipendiés, il ait pu, au mépris de toutes les règles de morale comme de la véritable économie politique, se jouer de tous les principes ; — que, violateur dans le droit politique international, il ait fait entrer dans les affaires une flibusterie légalisée, dont les conséquences vont envelopper dans une ruine commune des millions de dupes de tous rangs et classes ; — que par suite, il ait facilité et encouragé la création à toutes enseignes amorçantes pour la crédulité, de ces montagnes de fausses valeurs, hélas! gouffre de tant d'économies, de capitaux ; — que, dans une partie où il engageait la fortune de la France, le sang de ses enfants, l'avenir de cent générations, il ait mis le comble, par la malédiction universelle, même des soldats qui l'ont si souvent acclamé, par le mépris du monde pour le pitoyable acteur qui, par une porte dérobée, se sauve honteusement au lieu de mourir sous le drapeau qu'il a compromis ; — qu'arrivé à ce point de décadence (le mot est trop doux encore), il ne craigne pas d'y mettre le comble *summa injuria*, par le dernier outrage aux lois divines et humaines ; — qu'il soulève la conscience de qui n'a pas abjuré Dieu et garde une étincelle d'honneur, un reflet du vrai ; eh bien! quelque effrayant que soit ce cynisme, il est dans la fatalité de cette nature. Elle tapisse sa vie de conspirations, de men-

semé sa route, ceci est la fatalité de son caractère, empreint dans celle du passé.

songes, leur cortége obligé, jonchée de déceptions, de malheurs, marquant son funeste passage. Soit qu'il touche à l'Italie, à la Pologne, à la question américaine, — au Mexique, — à l'Allemagne, — aux utopies dont il vient couvrir ses déconvenues, — enfin à la question espagnole, où il complote avec Prim qui l'abandonne, il n'a qu'un but, idée fixe, écarter Montpensier. Il finit par arriver à la question allemande, il veut biffer ce qu'il avait consacré au moyen d'un post-scriptum dont il savait la frivolité, en arguant d'une fausse pièce et d'approbations diplomatiques *imaginaires*, aux applaudissements d'une majorité frappée de vertige ? N'était-ce pas la préoccupation purement dynastique de ce Bonaparte aiguillonné par sa haine corse, qui *égarait une fois de plus, comme toujours, la politique nationale.*

Sous la foudre de ces souvenirs — de ces fautes sans exemple — de ces impudeurs, après Sedan, après cet acte inexplicable que l'armée prisonnière appelle *la trahison impériale,* — cet homme serait assez étranger au sens moral, au remords, pour se flatter, fardé de ruse, en offrant au vainqueur qui le détient splendide prisonnier, sa soumission comme surenchère, pour asseoir sur ce trône qu'il a souillé, soit sa livide figure, soit l'émanation de son sang. Contre ce sacrilége les flots de sang versé reculeraient d'épouvante. Comment l'hôte de Willemshœhe ne voit-il pas que les spectres, les prisonniers, les familles frappées, tous, jusqu'aux dieux mânes des maisons incendiées, uniraient le murmure inapaisable de leur malédiction ! Quoi ! une guerre à laquelle se rattache cette tragédie, ouverte par l'agression de Saarbruck, pour donner à *l'enfant le baptême de feu,* qui s'est continuée par Wissembourg, Wœrth, Bazeilles, Sedan, qui enveloppe Paris en ce moment, se dénouerait en relevant le trône sanglant de celui qui l'a conçue et conduite sur tant de souffrances, de tombeaux. Ce livre a pour but de montrer que c'est impossible.

VI

Là se détache un point de vue qui dissipera toute équivoque.

L'empire reconstitué devait rappeler, sur la France, les défiances que le premier avait laissées au cœur des nations et des dynasties humiliées. — Ce qui est pire encore, c'est d'avoir naturalisé la présomptueuse et dangereuse illusion d'une force, d'un pouvoir, d'une domination irrésistible, comme par l'effet d'un talisman. C'est que Napoléon Ier développant une force surhumaine, avait surfait l'effort national; à force de génie, il l'avait poussé au delà des limites du possible. Au contraire, Napoléon III, abaissé d'esprit et de cœur, a dépensé follement le capital de force et de gloire remis sans contrôle, entre ses mains débiles. La France le paye aujourd'hui.

Cependant, l'expédition du Mexique, tant d'autres méfaits se levaient contre le pouvoir discrétionnaire réclamé par le plébiscite. Huit millions de voix n'en ont pas moins acclamé le césarisme. On aura beau faire, la déconvenue vainement multiplie les leçons pour l'ignorance, pour la foule superstitieuse ; bien longtemps encore il y aura le fanatisme de ce nom. Les malheurs venus par lui couvrent la France du deuil de sanglantes défaites dues uniquement au chef de l'État. Néanmoins, que dit le paysan aveugle dans sa fascination ? Il s'en prend à tout autre qu'au coupable, il crie à la trahison. L'égorgement du comte de Moneis est un éclair de mort sur ce redoutable abîme, que quelques jours de plus de l'empire eussent ouvert sur mille points divers. Si, comme au temps du Vieux de la Montagne, il est un charme qui puisse faire les séides, il est dans ce nom fatal. Pour lui, les campagnes, une fois relevées de leur étourdissement, se précipiteraient à de nouvelles folies ; comme l'a dit Béranger :

« On parlera de lui sous le chaume bien longtemps,
» Car on n'y connaît pas d'autre histoire. »

Là est le péril pour la France en même temps que pour le monde. L'ignorance accouplée au suffrage universel en rendrait le retour facile en même temps que redoutable. La fatalité est inhérente à certains personnages, à l'ombre même de leur mémoire ou de leur sang dégénéré. Le paysan, en vérité, perd sa raison quand il entend prononcer ce nom : Napoléon.

Telle est la vérité qui frappe quiconque, égaré dans les campagnes, aura occasion d'entrer dans une cabane, causer avec le laboureur, qui a pour musée national deux ou trois enluminures grossières des victoires de l'Empire. Tout est là pour lui. Les hommes d'État, les libertés constitutionnelles, les forces des autres pays, pure chimère à ses yeux. Qu'on plaisantât à cet égard que l'on fît des journaux et des discours, rien ne prévalait contre ce fétichisme créé par le *catéchisme* napoléonien, un petit almanach tenu pour plus vrai que l'Évangile du Christ. Toujours est-il que, dans un gouvernement où la loi vient du nombre, c'est le paysan qui prédomine. Il déborde les villes, siége des lumières. Il les *gouaille* avec malice. Ainsi s'expliquent les folies *caligulaires* du second Empire. A cette sinistre lumière se découvre la cause des malheurs de la

France. Une ligne noire de M. Dupin, dans sa division topographique, marquait l'ignorance; en est-il une qui puisse être à l'unisson de cet aveuglement des villages? Ni Waterloo, ni le 2 décembre, qui inaugura l'escamotage abominable, ni les plus douloureux revers, n'ont pu dessiller la majorité rurale. En attendant que le désastre de Sedan fasse tonner la malédiction nationale par la voix de France et de l'Europe, il est prudent de se précautionner contre une nouvelle surprise à l'ignorance. Vient le propos de l'adage : *Mens agitat molem*.

VII

Ce n'est pas un tableau fantastique, c'est à peine une esquisse d'un désastre, qui reporte sur celui auquel en revient la principale part une responsabilité plus brûlante que la tunique de Déjanire. — Voit-on ce que cette entreprise lugubre de l'œuvre de l'élu plébiscitaire a enfanté de souffrances humaines dans le présent, légué d'onéreux sacrifices aux générations futures, en supposant l'hypothèse de la moins funeste issue ! Il faut considérer dans la tâche qu'a M. Favre l'état désespéré où l'empereur a laissé la France ? Qui peut ainsi mesurer la profondeur de l'abîme

entr'ouvert par la présomption, frayant la route
par le crime, par la désorganisation, à cette
grande catastrophe?

Que Guillaume, ce fier monarque qui invoque le
droit divin en l'appuyant d'une victorieuse épée,
lui l'héritier opiniâtre, plein de foi, du grand
Frédéric ; que représentant d'une origine et de
doctrines en opposition avec cet accouple-
ment de socialisme dont Napoléon a fait l'enveloppe de son arbitraire sans frein, — que le
comte de Bismark, sans nul doute un grand
architecte d'État, sur les entreprises desquelles
M. Thiers et nous-même avons en vain averti le
pays ; — que ce ministre, dont la logique terrible,
dans la mission qu'il poursuit, secondée par une
rare sagacité, — que ce planisphériste d'un
nouvel empire veuille se donner non pour
auxiliaires, mais comme obstacles et fulmi-
nates, les soulèvements de l'âme nationale,
l'épouvante des honnêtes gens révoltés, — qu'il
blesse la fierté des couronnes troublées par
cette impossible résurrection ; — croire que
souverain, chancelier, gouvernement de la Confédération du Nord s'abaissent de la sorte si au-
dessous de la hauteur de leurs vues, — qu'ils
puissent rouler si bas du sommet de leurs prin-

cipes, si l'on veut de leur superbe ambition, par cela même exclusive non des moyens terrifiants, mais des vils complots, — qu'ils importent les procédés de l'immoralité napoléonienne dans leur politique, — voici ce que nous refusons de croire, par respect pour ces terribles adversaires! — Le laurier n'entrelace pas le pilori du coupable. Les procédés de la vraie grandeur, le soin de sa réputation, la coquetterie de la gloire excluent cet accès au mépris; on ne peut vouloir assurément, à aucun prix, lui fournir cette justification. Tout homme qui se respecte, à quelque parti qu'il appartienne, doit donc considérer comme apocryphe cette prétendue participation, ou propension, à un projet aussi scandaleux. Une *vilainerie* de cette nature serait l'opprobre sur le front des plus glorieux.

Car si le souverain déchu, à défroque plébiscitaire, est capable, à tous prix, en avalant la honte comme de l'eau, en souscrivant à toutes les capitulations antinationales, de vouloir, gnome sorti de la mort, se ruer, de nouveau, en exploiteur sur sa victime, la France; s'il l'ose, après Sedan, où, par une raison qui se fait transparente, il a livré l'armée française rançon de sa personne, tel qu'un rat dans une souricière; devant ce nouvel attentat, un si grand choc des consciences se fera, que l'audace n'aboutira pas. Contre elle commencera par s'élever l'anathème du soldat; il fallait l'entendre à Sedan; il fallait le voir défiler, la rage dans le cœur, en longues files, sous l'escorte des vainqueurs; il faut avoir recueilli ses récits et jugements sévères; il faut avoir visité ce vaste champ où la défaite était écrite d'avance par la topographie qu'a méconnue le plan de la bataille, où le soin de la sûreté de l'Empereur dominait la question militaire et nationale; on sent partout la fatalité dans laquelle cet homme enveloppe, par des fils diaboliques, pays, armée, présent, avenir! Comme les harpies de la fable, il empoisonne ce qu'il touche.

Ainsi l'histoire, écho courroucé du sentiment public, n'aura pas à gémir sur une restauration où le crime entraînerait, comme le spectre dans la danse macabre, la victoire, la politique, et la diplomatie de l'Europe. Ce serait pis que la révolution de la violence, ce serait le sacre par le mépris.

Croire que le futur empereur d'Allemagne, qui en recevant la déclaration de guerre, au milieu de sa famille, entouré de Moltke et de Bismark, prenait le ciel à témoin que Napoléon était l'agres-

seur (1) responsable ; — s'imaginer que lui et le
Richelieu allemand qui a dépassé le nôtre, accep-
tent la souillure d'un compte à demi avec le con-
tact napoléonien : à moins de voir cette profanation par nos yeux, à moins d'entendre par notre
ouïe rétracter le langage auquel ils nous ont accou-
tumés depuis 1866 et que nous avons caractérisé
ailleurs, jusque-là nous ne croirons pas qu'ils puissent s'envelopper dans le linceul d'une pareille
infamie. — Pour avoir les faux sourires d'une
troupe de *gamblers*, ce ne sont pas des autocraties,
des aristocraties, ce n'est pas le puritanisme protestant, ce n'est pas un peuple fougueux dans sa
vocation, austère dans ses mœurs, fier dans ses
professions, d'une si haute culture intellectuelle;
aucun d'eux ne consentirait, au prix de quelque
bassesse que ce fût, à prendre la diabolique responsabilité du retour d'un règne qui a réuni toutes
les anomalies démoralisatrices. Ni la légitimité, —
ni les évocateurs du droit ne saurait servir de
parrains à l'illégitimité des principes et des per-
sonnes, — de même qu'à la flibusterie plébiscitaire
élevée sur le mépris du droit traditionnel, au point

(1) Plus tard Guillaume le séparait de la France. De ce langage, il ressort
que le coupable tombé, il serait humain d'arrêter l'holocauste dont, suivant le roi de Prusse, son prisonnier est le seul auteur. Voilà le cri de la
justice et de l'humanité.

de vue monarchique, — sur celle de la souveraineté de la raison, au point de vue de la démocratie honnête jalouse de régler sa marche sur
l'esprit nouveau.

Ce serait donc pour réimposer ce régime de
renégats, à la pointe de leurs canons sur le monceau de victimes des deux races, que l'Allemagne
aurait fait ces efforts de géant, dans ce long parcours de morts. — Ici, l'absurde des fantaisistes du
projet le dispute à l'odieux. Quoi! la fausse grandeur qui s'est elle-même jetée en bas du haut de
la colonne de l'oncle réapparaîtrait tout à coup. La
décadence du bas-empire n'a rien de comparable.
Le césarisme souillé à ce point, trouvant une race
royale comme sa garante, couverait en Europe
les laves du socialisme. Chaque jour apporte un
nouveau méfait. L'Empereur s'est dérobé à sa
mission — a forfait à son devoir envers son peuple — comme à ses déclarations envers l'Allemagne, à ses offres même au roi Guillaume,
témoin la révélation sur le tentateur Benedetti.

Écoutez ce tonnerre qui roule chaque jour plus
tonnant dans l'esprit public; c'est pour avoir dé-
moralisé la nation que Napoléon III recueille le
dégoût de l'Europe dont le prince Albert et tant
d'autres se sont fait les organes.

VIII

L'affaire des adresses provoquée par M. de Morny, figure élégante sous laquelle se dissimulaient tant de passions, fut sur le point d'allumer la guerre avec la Grande-Bretagne. Il a été révélé par nous, dans un autre ouvrage, comment cette extravagance fut prévenue : son accomplissement tint à un fil. La guerre, dont le même souverain a pris l'initiative à l'égard de l'Allemagne, alors qu'infidèle il retenait dans une infériorité numérique l'armement de la France, semble avoir eu pour motif une rancune corse. Mais au lieu d'un individu qui dénonce la vendetta, à ses risques et périls, c'était un autocrate de la guerre qui jetait dans sa querelle la vie de son peuple.

Le vice et le faux étaient entrés à ce point dans l'âme oblitérée de Napoléon, qu'il ne sentait pas les outrages qu'il faisait à sa mère, en couvrant d'honneurs des hommes dont l'origine émergeant au regard de la foule devait altérer le fils. Le diadème ne couvre pas, il affiche. Qui lui faisait ainsi braver l'opinion, si ce n'est le mépris des hommes qu'il jugeait à sa mesure. Peut-être aussi importait-il au pouvoir une funeste idée, plus en rapport avec l'atmosphère de la cour d'assises qu'avec celle d'un trône : c'est que les déclassés, en rupture avec les principes, sont les plus dociles instruments. Aussi a-t-il lancé la fusée qui devait donner le signal des malheurs de la France appuyé sur trois hommes de mauvais augure.

L'un était renégat de la République ; l'autre avait délaissé la légitimité, sa caressante nourrice ; le troisième (1), champion des tristes bureaux arabes dont il avait fait partie, prétendait faire sortir la régence du désastre et des hontes de Sedan, au moment où il s'agissait de prévenir les effets de la juste colère du peuple par la déchéance, qui était un devoir. Autrement, la nécessité, plus forte que l'intrigue, allait dicter son

(1) M. Jérôme David.

arrêt à l'assemblée, frappée de terreur. L'invasion de la Chambre était l'inévitable conséquence de l'hésitation des aveugles de la majorité. Ils voulaient, par voie oblique, imposer au pays indigné, la race qui portait le stigmate de l'impopularité et de la défaite ; et, là encore, ne savait-on pas ce qui est aujourd'hui témoigné par Wimpffen, c'est que le chef, pour échapper au péril, a livré son armée, en trahissant son devoir. Il n'a pas été fait prisonnier en combattant l'épée à la main, comme les chevaleresques vaincus de Poitiers et de Pavie. — Après avoir engagé la guerre seul, il ne s'inspire que de lui-même pour faire arborer le sombre drapeau de la soumission. Il se dérobait par la porte de la honte, mais il plaçait l'armée dans la cage de la captivité ; il jetait au gouffre la fortune et l'honneur de la France.

La République est donc née de l'obstination dynastique à s'imposer quand même, comme la guerre a été le fait exclusif du parti bonapartiste ; — il ne faut pas laisser au subterfuge, à la mauvaise foi, un accès pour reporter le blâme sur qui les a avertis. La paix (on ne saurait trop établir les faits donnant pour chacun la mesure de sa responsabilité), M. Thiers en avait tracé le programme : — il était accepté par le roi de Prusse,

— l'opposition s'était ralliée à l'esprit, à la pensée du célèbre homme d'État. — Le *Times*, ce journal d'une grande autorité, a, dans des articles de la plus haute portée, mis en relief tous les torts de l'empereur. On ne trompera ni les cabinets, ni M. de Bismark, ni les classes éclairées, qu'on désigne sous la dénomination *de la galerie du premier européen*.

L'incrédulité que nous opposons à ces rumeurs propagées par de certains organes de la Prusse, ayant laissé supposer la propension de M. de Bismark par une restauration impériale, n'est au fond qu'un hommage à des adversaires qu'on peut combattre (et nous l'avons fait toujours), mais il faut en reconnaître l'habileté. C'est le devoir de l'homme politique de repousser les illusions et de s'élever au-dessus de la partialité.

Le motif prêté à M. de Bismark a une profondeur de dégradation, où sa fierté ne peut pas plus tomber que sa prévoyance. Ce n'est donc pas lui qui redressera le césarisme napoléonien, ce symbole brûlant de la guerre et de la perfidie.

IX

En général, le public est trop enclin à attribuer aux chefs d'empire, aux grands ministres, un machiavélisme qui écarte la moralité d'un vaste but à poursuivre. Le génie créateur, même conquérant, a pour meilleur auxiliaire la conscience humaine à mettre de son parti. Après l'œuvre de destruction accomplie en terrifiant la chair, vient l'œuvre de la reconstitution. Pour que le succès même obtenu ne soit pas passager comme un rêve, il faut gagner l'esprit. On n'y réussit que par l'honnêteté.

Ainsi, il y a des positions où, grandi par elles,

par les actes, par le dessein que l'on se propose, sous le regard braqué du monde que tient attentif un grand renom, dans l'ordre moral comme dans la conduite pratique, on ne rompt pas avec la conscience universelle.

Voici pour le principe, alors qu'il est la colonne d'un idéal incarné dans des succès inouïs. Les lugubres, mais immortels lauriers de Kœniggraetz et de Sadowa devaient ramener la massue de l'hégémonie prussienne sur le pâle héritier de Napoléon Ier, dès lors qu'après *avoir souscrit à l'établissement d'un empire allemand*, tout à coup il veut, par un procédé oblique, réagir contre ce qu'il avait encouragé et salué comme propice. Cet incapable, auquel l'officiel et une presse gagée prêtaient la profondeur d'un immense génie, n'avait pas vu que proclamer *maudits* les traités œuvre de M. Talleyrand, surprise faite aux vainqueurs, c'était préparer sa propre déchéance. — Grâce à lui, la France suspecte était compromise *dynastiquement*, par le retour même à la dynastie Bonaparte, très-fatal mariage ; elle était — *politiquement* — isolée par le fait même de ces façons d'un capitaine fracasse, qui n'avait rien à offrir que cette perpétuelle rengaîne des souvenirs d'une autre époque. Répétés à tout propos, ils devenaient une injure, une menace, un agacement pour les gouvernements et les peuples étrangers.

Ah! si les mânes frémissent au bruit de la terre, ceux que le prince de Joinville alla chercher à Sainte-Hélène, et qui reçut l'hommage d'une grande nation, doivent rejeter leur linceul, sous la honte imprimée à ce nom fabuleux par *Napoléon le Petit*. Augustule a fini l'histoire de César; l'ironie de la Providence se retrouve à travers les siècles rééditant les mêmes leçons.

X

L'ordre des intérêts de la Confédération du Nord n'est pas moins concluant contre cette restauration. Devant l'effusion du sang allemand qu'a nécessité l'invasion du roi Guillaume, prétendre ramener celui auquel s'attache cette responsabilité, plus dévorante que la tunique de Nessus, ne serait pas moins injurieux pour l'Allemagne bafouée que pour la France indignée. Il appartient à des politiques à courte vue, à des abâtardis de la ruse, aux fauteurs du mensonge, aux terriers des mines secrètes, des embuscades honteuses, d'avoir pour instruments des êtres subornés, prêts à tout. Autrefois, sur des peuples barbares vaincus par eux, les Romains établissaient des rois leurs créatures. Des moyens analogues sont pratiqués dans l'Inde, des rajahs pensionnaires de l'Angleterre règnent sur une race dégradée livrée à leurs rapacités ! Mais, où se trouvent la parité, l'analogie des lois et des mœurs ? Qu'y a-t-il de commun entre la France, sa nature, l'esprit moderne qui la possède et la pousse, avec les peuples de l'ancienne servitude et les castes aviles de l'Inde ?

Ainsi le code de l'honneur, la logique des intérêts eux-mêmes, si souvent en contradiction, s'accordent, en cette conjoncture, pour dire à l'homme sinistre qui ne vit dans l'élévation extraordinaire à laquelle le porta l'idolâtrie d'un nom, à ce souverain lépreux dont la vicieuse autopsie surenchérit les dégoûts connus : " Homme de malheur, vous avez perdu un peuple en léguant à l'histoire, à l'instar de ces grands criminels que la justice laisse à la phrénologie, l'emprunt d'un masque nouveau, celui de la fatalité. *Vous avez désacré la vérité et la foi humaine.* Vivez enfoui sous ce poids de souvenirs, vous n'avez plus qu'à jeter sur ce catafalque sans gloire la courtine des millions que vous avez emportés. Mais

votre règne sur une nation chrétienne serait la
négation profanatrice de tout ce que l'Évangile
prescrit et l'honneur réclame. "

Que pourrait être un empire repétri avec des
misères si lamentables, surgissant de tant de sang
et de ruines? Il serait une insulte aux chaumières
incendiées, aux populations chassées sans asile,
aux famines, — cortége d'une pareille guerre, —
aux malédictions formant un concert infernal dont
l'écho troublerait l'Europe, en figeant le remords
au cœur des complices. — Il semblerait la statue du
commandeur placée sur le trône de Louis IX, pour
en faire descendre, au lieu du doux rayonnement
des vertus du saint roi, la vengeance, la colère,
le désespoir.

XI

Il est un personnage terrible dont la poésie a
grandi l'horreur, c'est le Don Juan remis en scène
par Molière et lord Byron. A travers les déguisements que revêt l'ironique corruption de ce fripon,
pour lequel il n'y a rien de sacré, un jour il apparaît avec tous les insignes de la plus pure dévo-
tion. — Ce n'était rien cependant en regard de ce
que se proposerait Napoléon III. L'imagination
du plus sombre des poètes serait restée bien en
deçà de l'horreur de ce plan ; s'il lui était donné,
par la réussite, de souiller l'histoire, ce serait le
Bazeilles de la morale. Seulement, l'incendie de

cette cité a été la lugubre prouesse de quelque obscur capitaine.

Aujourd'hui ce serait le Roi, dont M. Russell traçait ces jours-ci la figure accentuée, qui *ayant foi au droit divin, se croit une mission*, viendrait consterner la conscience humaine. Pour jeter sur la terre la sacrilége ironie de la force, il n'imaginerait rien de mieux que de couronner le coupable, et de l'armer du glaive aiguisé sur la meule étrangère, pour le supplice des familles pleurant les victimes entassées par cet empereur de la défaite et de la mort. Ce blasphème-là ne tombera pas d'une bouche royale. Sous son feu dévorant, le capitole du vainqueur lui deviendrait un cuisant remords.

Comme nous, une même impression saisit les visiteurs des champs du carnage. — La stupéfaction de la ville de Sedan témoin de la défaillance de son hôte impérial, — les 90,000 hommes qui sont allés rejoindre les 60,000 plaçant 150,000 de nos compatriotes dans cet exode de la captivité (1), — les officiers prussiens étonnés d'une soumission sans exemple dans les annales de la guerre, — un empereur qui fuit pour se rendre, au lieu de

(1) Les capitulations de Toul, de Strasbourg, et d'autres combats de détails en ont encore accru le nombre.

combattre, et de faire pour lui et les siens la trouée qu'offrait le général Wimpffen, — ce dédain qui ne laisse tomber des lèvres glacées un mot de sympathie pour ceux dont il a causé l'infortune, — tout devrait faire rentrer dans les catacombes les plus reculées celui qui a fait cette tragédie.

Devant cet océan formé par toutes les misères humaines, s'il n'est pris de l'endurcissement de quelques incorrigibles attachés à l'auge impériale, qui oserait arborer la fausse enseigne d'un tel empereur! Ce serait la plus grande injure que pourrait ambitionner la démagogie pour la majesté royale. Alors, en vérité, la république s'offrirait aux peuples scandalisés comme une sauvegarde contre une pareille infamie. Quel souverain de sang, quel chef d'État, sans que l'explosion de toutes les consciences n'éclate en volcans, pourrait donner à cette contrefaçon souillée ce titre prescrit par l'étiquette : « mon frère ».

POST FACE.

Alors que Paris, la métropole reconnue de la civilisation, des arts, de la richesse, fonds commun du monde, se voit assiégée par une autre nation, provoquée par le bonapartisme décidé à une querelle quand même ; de quelque part qu'elle vienne, une fin de non-recevoir serait un sacrilége. Il appartenait à un homme illustre, que la vérité a fait son ambassadeur, que l'Europe honore, de montrer ce qu'est l'âme de la France laissée à elle-même. — Sous la pression du gouvernement personnel, elle a été détournée de sa noble vocation. La conspiration qui fit du plébiscite l'instrument de ses malheurs fait rejaillir sur l'empereur une responsabilité qu'il essaiera vainement de répudier : non-seulement il n'a rien voulu entendre, mais il s'est toujours présenté comme *seul responsable*. M. Thiers, suivi de toute l'opposition, outragé par la majorité d'abord, par les chefs d'orchestre, le *Figaro* en tête, a en vain voulu empêcher cette guerre impie.

Voilà la vérité. Ceux qui ont approuvé les meurtres de décembre, la confiscation des libertés, le Mexique, cette grande leçon perdue, osent déjà avec plus d'impudeur qu'autrefois (il pouvait y avoir des illusions) refaire la propagande bonapartiste. Peuvent-ils surprendre, dans leur cause abhorrée, les souverains, les hommes d'État ? La presse anglaise, dont le mâle et indépendant langage ouvre, d'ordinaire, la marche de l'opinion publique, ne déguise pas ses sentiments ni ses inclinations, pour que la France, livrée par son souverain, ne soit pas la victime expiatoire des fautes et forfaits accumulés de celui-ci : l'Angleterre était d'avis de mettre un terme à la fureur impie des combats. C'est qu'en effet la civilisation ne peut avancer que par la paix, le libre développement de la liberté et de l'industrie. Cette noble émulation des facultés humaines exclut et interdit

l'égorgement par la guerre, ce *meurtre impie,*
disait le noble Lamartine. La guillotine n'abat
qu'une tête, mais la lutte, telle qu'elle se poursuit
en ce moment, ayant pour grossir la moisson de
la mort les grosses armées servies par les fusils
nouveaux, par les engins de la plus effroyable
destruction, les mitrailleuses, les obusiers, les
bombes infernales, interminable nomenclature,
oh! c'est affreux !

Qui peut sans frémir y avoir recours sans justification? Ah! qu'il songe à Dieu, à l'arrêt de
demain; — sous l'horreur d'un pareil holocauste,
ce sera la *Marseillaise* de la paix qu'entonneront
peuples et rois.

XII

Au moment où nous révisions l'épreuve de ce qu'on vient de lire, une grande émotion saisissait tous les cœurs, et plus particulièrement celui des Français. Les échos de la conférence de Ferrières nous arrivaient discordants. — Toujours est-il que le mot *guerre à outrance*, avec le pouvoir discrétionnaire adjugé par la grandeur de la terrible lutte, est devenu le mot d'ordre d'une situation où se poursuit le drame le plus lugubre peut-être de l'histoire du monde.

Il est des extrémités où il faut savoir mourir individuellement : mais, pour une nation, ceux

qui la guident ont pour premier devoir de ne pas
la laisser courir à cette extrémité.

Nous ne saurions avoir la prétention d'être une
boussole. Nous coupons court au pèlerinage qui
nous donne l'Europe pour hôtellerie, vouant à la
patrie tout ce qui nous reste d'âme et de force. —
Un homme n'est rien, il disparaît un peu plus tôt
un peu plus tard; qu'importe? C'est la nation qui
doit rester vivante.

Devant la scène qui se déroule, ce flot nouveau
d'Attila que nous avons vu défiler à Sedan, dans
quel appareil! nous avons éprouvé une doulou-
reuse impression. Que de renseignements tristes
recueillis, à cet égard, à la charge du gouvernement rapace, infidèle, trompeur auquel revient
la principale part dans la catastrophe! Quant
au remède à apporter, qui peut être sûr de son
jugement? Qui peut, étourdi sous l'explosion de
tant de coups de malheur, marquer la limite où
le sacrifice nécessaire se détermine, où le devoir
commence pour se poursuivre avec une implacable et amère résolution.

La partie est suprême. La lutte cessant d'être
politique, semble ne plus se circonscrire dans le
duel des armées, mais devenir le choc de deux
races.

La civilisation n'a qu'à se voiler, l'humanité s'écrie : *Horreur !*

Les intérêts vrais des deux belligérants demandaient la paix. Les conditions, nous n'avons ni la possibilité de les discuter, ni les éléments d'appréciation pour émettre un humble mais consciencieux avis. — S'il faut croire ce que nous apporte la presse étrangère (celle de notre pays ne pouvant plus circuler), il y aura une responsabilité, que burinera l'histoire vengeresse, pour celui qui aura rendu impossible la solution pacifique en refusant de faire la part recommandée par la justice aux uns, imposée aux autres par des événements qui sont le fait du sinistre empereur.

C'est qu'il est des circonstances où il faut savoir s'élever au-dessus de la passion populaire et des plus nobles susceptibilités. On doit oublier ses propres souvenirs, ses aspirations.

Telle est la conjoncture où retombe sur un groupe d'hommes placés au pouvoir par l'émotion d'un grand désastre la charge du salut de tout un peuple. Trente-huit millions d'âmes vivantes forment un océan au delà duquel il y a l'immensité des générations et de l'avenir national. Echapper à la passion du moment, à l'influence d'un zèle vrai chez quelques-uns, faux et forcé chez d'autres, c'est la vraie tâche de l'homme d'État à la hauteur d'une telle mission, c'est aussi le plus glorieux rôle du patriote. — On peut se sacrifier soi-même à une susceptibilité, à une conviction forte de son droit, — car on dispose de sa personne, — mais quand il s'agit de la destinée nationale, ce qu'il faut voir, c'est le possible, c'est le lendemain. On est trop enclin, dans notre pays, à rappeler l'application des souvenirs de l'autre siècle alors qu'il n'y a aucune analogie entre les époques et les choses.

C'est dans cette fumée que Napoléon III a enivré et égaré la France. — Sans doute, les faits historiques de 92 sont une grande page de l'histoire, mais ceux qui en parlent sans cesse se sont-ils bien rendu compte de la différence des temps? Elle est sensible cependant. Louis XVI, ce roi honnête, ne livrait ni une France envahie dans son cœur, ni épuisée dans ses ressources. Aussi put-elle faire ce qui fut impossible, deux fois, à Napoléon le Grand. A celui-ci le génie ne manquait pas, mais plutôt les ressources, qu'il avait épuisées par l'abus même de la victoire.

Bien loin de son oncle l'organisateur, Napoléon

le pirate, après avoir drainé jusqu'à la dot sacrée
de la guerre, a laissé une situation sur laquelle
un procès-verbal de carence deviendra le titre
définitif, au grand ébahissement de ses dupes, que
nul n'a plus averti que Berryer, Thiers et nous-
même, leur humble mais fidèle écho.

C'est pourquoi nous croyons pouvoir hasarder
une pensée qui répond à toutes nos défiances et
accusations, non-seulement contre l'empire tombé,
mais contre l'empereur dans sa puissance, alors
qu'il liait les langues et profanait les consciences.

Devant cet abîme qu'il a ouvert *gurgite vasto*,
ce qui semblait impossible, sous le régime constitutionnel, se dresse dans des proportions terri-
fiantes. La France rugit de n'être plus elle-même,
par suite de l'exploitation qui, pendant vingt
ans, semble avoir voulu railler l'honnêteté de la
Restauration, abolir l'ordre de Louis-Philippe,
insulter à la modération de la République dont
Lamartine fut l'inaugurateur et Cavaignac le
loyal chef. En tous cas, le rachat, quelque dur
qu'il fut, ne pouvait être mis au compte de la
commission de la défense nationale.

Dans un pays où l'impression court, où les événements viennent rouler les flots d'une opinion
irrésistible, si, ce qu'à Dieu ne plaise, de nou-

4

veaux malheurs suivaient la ronde infernale en-
gagée par le bonapartisme, mon Dieu ! mon Dieu !
quelle responsabilité !

C'est qu'en effet le monde pullule de présomp-
tueux qui, étrangers aux notions nécessaires pour
juger, font fi des expériences et supériorités.
C'est pourquoi la France s'est trouvée au bord de
l'abîme, alors que sur les hâbleries du gouvernement, elle se croyait maîtresse du monde, admi-
rée, suivie d'alliées. — Quand une voix loyale
s'élevait pour signaler les mirages, on aurait
lapidé l'avertisseur. C'est ainsi que, dans la province, on propageait l'impopularité sur M. Thiers,
par exemple, avec ces mots : *Généralissime des
Prussiens*. Que ne l'a-t-on écouté !

Un régime de mensonge universel, inhérent à
l'homme qui s'était approprié la France, a toujours pour finale une liquidation de déceptions;
aujourd'hui c'est pis, c'est un désastre. — Devant
l'ennemi qu'il nous a amené, on mine les ponts;
lui a miné l'édifice. Il semble que dans les ténèbres de son noir esprit, il a comploté que rien ne
survécût à un règne sur lequel planait le génie
des ruines.

Le patriotisme a d'autant plus de force, pour
s'adresser à l'opinion et aussi à ses adversaires,

qu'il s'appuie sur l'impartialité. Nous nous y attachons, comme à la meilleure boussole pour la France égarée, sur l'océan semé de gouffres où l'a entraîné le gouvernement personnel.

La rupture des négociations de Ferrières a donné lieu à un éloquent exposé de M. Jules Favre.

En politique, il faut savoir subordonner les impressions les plus légitimes à l'empire irrésistible des faits, et de ce qu'ils prescrivent souvent de douloureux sacrifices (1).

(1) Depuis que nous avons écrit ceci, M. Gambetta est venu, par la route du ciel, porter les résolutions de Paris. Il n'a pas d'ailleurs dissimulé la situation critique léguée par le gouvernement déchu.

L'Empire avait une armée formidable en apparence. Mais l'empereur n'était que le général d'un costume à étaler dans les revues. — Quels choix faisait-il ? Wissembourg, Wœrth. Sedan ont répondu. Les généraux sont jugés par leurs œuvres et les témoins, victimes de leur impéritie. La nation expie la faiblesse de s'être mise à la discrétion d'un homme qui n'avait que l'étiquette de son nom. Le désordre, la démoralisation, la défaite en ont été la conséquence.

La France, restée avec son courage, ne forme plus qu'un camp : ce qu'elle réclame surtout, c'est une direction raisonnée, c'est un homme qui sache et qui puisse combiner ses forces. Voilà le cri de tous, il sort du sentiment de la situation.

Quels que soient l'énergie, le patriotisme, les facultés oratoires incontestables de M. Gambetta, sans même réviser le bilan des moyens qu'il indique, il est une question dominante, sur laquelle il convient d'insister.

C'est qu'une guerre pareille exige un général plutôt qu'un Démosthènes.

Si la stratégie ne vient pas rendre effectif l'enthousiasme, on n'aura fait que renouveler les relais d'illusions toujours suivies d'un triste réveil, en guerre surtout.

Voilà ce que l'on ne saurait trop dire en se rappelant Sadowa et Sedan. — La France n'a manqué ni de soldats, ni de dévouement, ni de ressources. Mais de tête, elle n'en avait pas.

La théorie de la levée en masse n'a de valeur auxiliaire que reliée à la science militaire, pour en diriger les mouvements.

Cette tâche immense, à laquelle s'ajoute le gouvernement intérieur, c'est tout simplement la dictature non déférée, mais prise. Le double génie du politique et du guerrier doit lui donner pour légitimation la victoire.

Autrement ce mot : la paix qui fait protester le mobile indigné serait, à coup sûr, celui de la résignation de l'homme d'État qui s'attache au résultat. On ne saurait prétendre à ce titre, que sous la stricte condition de ne se laisser détourner ni par les courants d'une colère justifiée, et ni par de fausses espérances.

CONCLUSION.

Ce n'est pas le souverain que domine l'esprit du droit traditionnel dans ses discours et ses actes — ce n'est pas son ministre qui pourraient sanctionner un grand outrage à la justice universelle. Ce serait déroger à eux-mêmes que de vouloir glisser, par la porte dérobée d'une conspiration ténébreuse, un faux roi dans la famille des couronnés par la naissance. Hors la rare exception que crée la supériorité, la violation de ce principe dans les monarchies est un vol funeste au peuple. Le génie, comme la vertu, a besoin de règle : la dérogation qu'y fait même la gloire ne conjure pas le péril. Napoléon Ier et tant d'autres en ont donné la preuve.

Ceux qui tirent leur force d'un principe, en y contrevenant, ne font qu'armer ses négateurs. La révolution n'a qu'à applaudir des auxiliaires aussi inattendus par elle.

Étrange anomalie ou faute! Ce serait bien peu rentrer dans le rôle de la Providence et dans la logique de la situation, auxquelles on ferait cette injure interprétative. — Quoi! voici un être tombé, comme si le doigt de Dieu l'avait marqué, pour que sa chute intimidât l'usurpation; — voici qu'à des révélations, à des découvertes soudaines, on reconnaît qu'on avait sur le trône un grand chef d'industrie, un protecteur de toutes les compagnies de drainage financier du pays, le prophète du mensonge introduit partout, finalement un traditeur de l'armée qu'il avait scandalisé. Cette légende de défaillances, qui serait longue à décliner, se transformerait en titres l'emportant sur tous les autres! Ceux de la liberté républicaine, les aspirations du passé, M. le comte de Chambord avec les sacres de Reims et la carte de France que présentent ses aïeux, les d'Orléans avec la sagesse, la modération, la prospérité, la paix qui se liaient avec leur gouver-

nement constitutionnel, n'immobilisant pas, eux,
le progrès dans le bon plaisir d'une *responsabilité
purement chimérique;* rien de tout cela ne vaudrait
plus.

Les droits du guet-apens du 2 décembre, les
manques de foi répétés envers l'Europe, la France,
la religion, la liberté, le Mexique, Wissembourg,
Wœrth, Sedan, tous les désastres dont Napoléon III serait l'auteur, lui assureraient la préséance pour que ce déchu, à son défaut le baptisé
du feu de Saarbruck, vienne tout balayer de l'abjection de tels souvenirs. Ah! peut-on croire qu'il y
ait, dans ce siècle, un souverain, une force, un
embauchage, par la terreur, susceptible de faire
dévorer à la France un pareil affront, de courber
la conscience de l'Europe, l'arrêt de l'histoire sur
le billot d'une pareille tyrannie? Oh non, ce serait
pis que l'abus de la force, ce serait l'infamie gantée
par un roi. Eh bien! eût-on fait de la nation entière un cadavre, sous l'étreinte du bourreau ré-
tabli par le pardon de celui qui l'avait fait captif,
il resterait l'Europe, il resterait ce long lendemain qui est l'avenir, sous l'anathème duquel
princes, ministres, tous ceux qui auraient concouru
à ce dénouement, trouveraient leur expiation.

A la hauteur où les événements ont placé notre

puissant ennemi, on a autre chose à faire qu'à réhabiliter le crime. Ce serait un sacrilége tel que le monde n'en aurait pas encore été le témoin. L'ancien prisonnier de Ham avait surpris une couronne à force de dissimulations, de trames, dont le fil se brouille à chaque haleine, sous le couvert d'un nom dont il a fait le piége national. Mais aucun roi, aucun homme d'État véritable n'iront avouer publiquement, ou favoriser implicitement cette majesté d'emprunt qui a été si funeste à la France et à l'humanité. Que de forces accumulées par les siècles, le génie, la politique, les arts, ont été absorbées ou perdues par l'homme sorti des plébiscites, cette razzia des suffrages faite sur l'ignorance des paysans, sur la servilité des fonctionnaires, sur la faiblesse de ceux qui, par *peur*, se sont attirés le grand mal de la guerre, de l'invasion! Ils n'ont rien voulu entendre : tous à l'heure fugitive, ils marchaient à cet avenir où se rencontre l'expiation des fautes.

Il ne faut donc pas prendre les *contrefacteurs* de la pensée d'un haut esprit comme le thermomètre de ses véritables vues.

Celui qui écrit cet opuscule a vu le bonapartisme conspirer contre le repos de l'Europe non

moins que contre les libertés de la France ; il a
suivi pas à pas toutes les folles conceptions, les
turbulences, les menées de cet étrange alchimiste
de tyrannie, de carbonarisme, composant la nature de Louis-Napoléon. Tantôt il voulait muse-
ler l'esprit moderne dont il avait peur, tantôt il
le poussait jusqu'au paroxysme de la démagogie
contre les rois. Après les avoir appelés dans ses
palais, où il croyait les séduire par le luxe indé-
cent d'un parvenu abusant de tout, il ourdissait
la conspiration contre ceux qu'il avait environnés
de plus de soins.

Au dernier acte du drame, se sentant perdu, il
laissait ses infimes agents répandre dans les campagnes les semences d'une jacquerie nouvelle. On
provoquait les ombrages du paysan, si faciles à
réveiller, par les susceptibilités de son aveugle crédulité. C'était au moment où, dans la province, les
esprits éclairés convergeaient vers la sage politique
de conciliation dont M. Thiers s'était fait l'organe,
aux seuls applaudissements de l'opposition soli-
darisée dans sa sagesse. Voilà ce que l'on osait au
nom de l'*empereur des paysans !* Quelle fascination
attachée par le premier ineffaçable empereur, dans
les campagnes, à ce nom fatal !

On accusait, tour à tour, « constitutionnels,

orléanistes, légitimistes, catholiques, républicains
(la chanson variait suivant les zones), de trahir
l'empereur. « M. de Moneis, dans le noir Périgord,
a été victime de ces nouveaux cannibales surexci-
tés par la propagande dynastique. Partout c'était
le même feu grisou souterrain de calomnies,
d'excitations, lorsque la république est venue
donner aux masses rurales abusées de nouvelles
préoccupations. D'un autre côté, le parti bonapartiste attisait la guerre et livrait à la dérision
de ses journaux et au discrédit, par son agence
de calomnies, le patriotisme éclairé, en chaque
district où il revendiquait la paix.

La lumière se fait, et bientôt il n'y aura plus
d'équivoque volontaire ; on saura discerner les
hommes qui, compromis avec l'empire et par
l'empire, sacrifieraient la France et le monde, la
religion, leur patrie, à leurs convoitises d'un jour,
— triste race, qui a acculé le pays à l'abîme qu'il
borde aujourd'hui !

Au moment où nous écrivons ces lignes, voici
que tous les échos de l'Europe, depuis la Néva
jusqu'à la Tamise, retentissent du même cri d'horreur, « racca » sur l'homme fatal qui, par sa corruption inhérente à sa duplicité, a scandalisé la
civilisation et courroucé le Ciel contre le pays qui

a souscrit *à cet ignoble césarisme*. Que sa race, sur laquelle il a lui-même posé un stigmate que rien n'effacera désormais, se dérobe derrière les millions conquis sur le plus grand désastre des temps modernes, dont la cause dévoilée laisse douter si une telle monstruosité était possible, accouplée au trône? le murmure de l'armée, tout ce qui s'échappe de malédiction instruiraient, au besoin, quiconque veut mettre la justice dans son jugement, qu'il reste à la France le malheur immérité de tant de déceptions et de profanations.

Nous devons résumer la pensée de cet opuscule tracé en traits rapides, incorrects, sous l'émotion de tout ce qu'a vu, recueilli le voyageur, à l'oreille duquel ont retenti dans un long parcours, devoir de l'amitié et de la philantropie, les soupirs d'angoisse du patriotisme troublé. — Il y a de quoi.

Poussé par la vocation irrésistible de la vérité libérale, nous avons voué les vingt ans du règne qui a glissé dans le sang français versé à torrents inutiles, à combattre l'empereur, son régime, et à avertir ceux trompés et engagés dans cette voie de perdition, qui devait avoir pour débarcadère l'abîme. Nous avons publié, dans ce but salutaire, étranger à toute ambition et crainte, 2,000 pages in-8°. En dernier lieu, nous avions pris rang dans le journal le *Centre gauche*, le premier qui a pris l'initiative de la déchéance, acte pour lequel il a été supprimé. Nous sommes avec M. Thiers, avec tous ceux qui voient dans la liberté ce patrimoine sacré, le meilleur palladium des peuples et des rois, la plus sûre égide de l'ordre et des principes sociaux, sans le respect desquels tout s'écroule.

C'est sous cette bannière, qui nous a trouvé inébranlablement fidèle, c'est sous l'autorité de cette constance, que nous plaçons avec confiance un loyal appel. Il s'adresse à toutes les délicatesses, aux noblesses de sentiment, à la conscience et à l'honneur des hommes auxquels est commis le sort des nations. Le peuple va au bien ou au mal, suivant qu'on l'attire par la grandeur et la justice, ou qu'on le scandalise par l'immortalité qui se couvre de la force.

Le temps de l'expiation devait venir pour cet homme au masque déteint de son oncle, pour ce sauveur imaginaire qui n'a su faire autre chose que de tout rapporter à lui et à ses créatures, et d'enlever au droit, à la moralité des bons exemples, la dignité des choix. La confusion, introduite partout, a préparé la débâcle du système. Elle était inoculée par les expédients désorgani-

teurs substitués aux principes, seule base du pouvoir, qu'on ne l'oublie pas, avant de passer dans
la rigueur d'une accablante réalisation. C'est la
peine des gouvernements de fait ayant pour raison d'être la violence, pour mode la corruption,
d'être *défait* au premier souffle d'un insuccès. —
Après de pareils enseignements, alors que la
tache et le coup ont pris des proportions qui
effacent les Waterloo, les Sadowa, inoffensives
journées comparées à celles dont Sedan devait fournir l'épitaphe lugubre à l'histoire; quoi! de ces revers honteux, des ruines de ce matérialisme écroulé,
on prétendrait relever la baraque impériale! Mais
regardez, allez à Sedan, écoutez, lisez, jugez avec
la conscience commune! Eh bien! vous verrez
que cet échaffaudage de vingt ans n'est plus
que boue, sang, accusation. Où trouver dans les
matériaux épars un débris qu'un gouvernement
quelconque, y compris celui dégradé de Prim,
voulût transporter et s'approprier? Il semblerait
qu'il apporterait avec lui une contagion de malheur et l'ire de Dieu. C'est le cas de dire avec
Bacon : " Il n'y a pas de puissance sur la terre qui
puisse créditer et rétablir une pareille corruption. "
— Le venin atteindrait celui qui s'en approche-
rait. On voit où un homme peut égarer une na-

tion, quand toute moralité disparaît, alors que l'on veut donner au pouvoir cette base d'argile où l'on prend pour *levier les vices des hommes au lieu d'agir avec leurs vertus,* a dit mon illustre maître Chateaubriand.

La centralisation la plus oppressive, la distribution de tous les emplois, des prix de la fortune, de la vanité, une représentation fictive, à la merci de ce grand démoralisateur qui a tant prélevé sur la faiblesse humaine, voici ce qui explique la série des illusions, des changes qu'il a pu offrir, pendant vingt ans, à l'Europe, longtemps abusée, à la France, sa malheureuse victime. Tacite a dit que la plus grande épreuve dont on puisse accabler un peuple, c'est de donner les emplois à des hommes indignes de les occuper. Qu'est-ce donc quand un souverain est chargé d'un fardeau d'iniquités (1), qui nous accable d'aussi affreuses conséquences? Il est bien jugé. Mais est-il dans l'histoire un anathème qui puisse s'élever à la hauteur du forfait?

Le jour où, contrairement aux plus loyales adjurations, il a lancé ce plébiscite pour surprendre à la foule ignorante le blanc-seing du despotisme

---

1 L'affaire Jecker vient encore sortir de cette sentine.

qui emportait toute espérance et couvait la guerre,
nous avons jeté notre protestation. C'était l'ultimatum de la conviction qui prend le ciel et la
terre à témoin qu'on répudie l'empirisme du faux
souverain qui doit tout perdre. — Quel nouvel
Holbein peindra cette danse des morts? disions-
nous dans notre douleur. — Après la défaite de
Sedan, l'empereur, l'impératrice, pouvaient encore, par un désistement, montrer et prouver qu'ils
ne faisaient pas d'une prétention à régner plus
longtemps le tombeau d'un peuple! Il a fallu que
celui-ci, poussé à bout, vînt signifier, à l'ombre
d'une représentation, qu'elle et son souverain
n'avaient qu'à disparaître d'une scène où, de
concert, ils avaient jeté la France sur la route des
abîmes. Ce tableau, ainsi que la peur qui poussa,
au dehors, ceux la veille si rodomonds, ne s'effa-
ceront jamais de la mémoire des témoins de la
journée du 4 septembre.

ÉPILOGUE

Jadis, en donnant l'accolade à un chevalier, le parrain qui consacrait un autre brave se considérait comme solidarisé dans l'honneur ou la défaillance. Il ne prenait pas cette responsabilité pour le premier venu, à plus forte raison eût-il reculé devant une félonie qui, d'ailleurs, ne laissait pas accès dans ce noble corps qui avait l'honneur pour loi, le sacrifice pour devoir.

Encore moins un roi ne peut-il, à bon escient, engager sa responsabilité sur une tête déshonorée. A ceux qui supposent ce but, en dehors des précédents chrétiens, qui serait la décapitation par une main royale de tous les principes qui serait le scandale bravant la conscience humaine sous un diadème maudit, nous disons, non, ce n'est pas vrai, car ce n'est pas possible ! Ce cauchemar sur le monde consterné nous semblerait y avoir été posé par l'esprit du mal. C'est que Dieu lui aurait livré la terre pour la submerger dans le torrent fangeux du déshonneur. La royauté, collectivement frappée dans son essence même, perdue dans l'esprit des peuples, mettant la rougeur au front de ses fanatiques, ne trouvât-elle que la voix libre de l'Angleterre, celle accusatrice de l'Amérique; la royauté suicidée par elle-même, ne survivrait pas à ce soulèvement. Elle ne peut, sans être l'antéchrist, se faire le hérault de cet outrage à l'Europe, au droit des peuples, à la dignité des couronnes.

————

LA VÉRITÉ,

Il est un sentiment, celui du juste, qui réunira toutes les âmes éprises du culte du vrai ; on a beau faire des combinaisons habiles, lui seul donne la force et assure la durée. Les gouvernements qui s'y conforment acquièrent, par l'estime et la confiance, les meilleurs gages de leur durée.

C'est à ce principe du loyalisme que M. de Talleyrand, si renommé pour sa finesse, rendait cet hommage significatif de sa part : " La meilleure diplomatie, c'est la franchise. "

Un régime de faussetés forgées dans les arcanes de l'esprit public, répandues dans les sphères

officielles de l'empire, a altéré le sens national
du Franc, si droit par sa nature. Le gouvernement impérial a vécu vingt ans par ces mysti-
fications. En dernier lieu, on a poussé l'artifice
jusqu'à fabriquer les victoires là où l'on avait
recueilli la défaite. La fausse monnaie politique
passait dans le cours qu'ouvrait la phase de la
guerre. Un exemple entre mille, le jour où se rendait Sedan ; on ne craignait pas d'envelopper cette
amère pillule à faire avaler à la France dans
l'annonce hétéroclyte que « le mot massacre seulement pouvait rendre la perte des Prussiens. »

C'est de la sorte qu'on emportait dans un
gouffre la nation abusée, noyée dans une pluie
de mensonges qui n'ont pas été un mince discrédit à l'étranger.

Sans doute, l'empereur avait fait sa règle de
cette remarque d'un homme d'esprit que l'imbé-
cillité humaine était un riche revenu. Peut-être,
allant plus loin encore, faisait-il sa morale de
celle que préconisait un jour devant son au-
ditoire confondu, un prince de sa famille brillant
dans la causerie, tout en s'éclipsant du champ
de bataille. Sa théorie était qu'une mauvaise
réputation était une grande force gouvernementale, car « cela me permettrait », disait-il,

" de faire beaucoup de mal ; on me saurait gré de
" n'en pas faire davantage. "

Sous un aussi asphyxiant régime, la médiocrité,
loin d'être une exclusion, obtenait la préséance :
il lui suffisait de se chaperonner de son dévouement à l'empereur. La question dynastique pri-
mait tout. La France devait lui faire litière.

M. Rouher, la parole sonore du règne, pour
laquelle l'Empereur détachait sa plaque, avait
perfectionné l'art de travestir la pensée et les
faits les moins déniables. Qui a oublié les mirages du Mexique et la théorie abusive des trois
tronçons ? Comme l'événement est venu baffouer
ce ministre et couvrir de honte, sinon de remords
sa majorité de candidats triés, à l'égal de la ma-
gistrature transformée en chambre étoilée, politique, ce qui faisait frémir la conscience indignée
de Berryer. M. le ministre d'État, si robuste de
voix, si défaillant de cœur, aujourd'hui à Jersey,
peut reconnaître qu'elle est bien fragile, la grandeur qui s'appuie sur le mensonge et sur les intrigues du palais. — M. de la Valette, le premier des courtisans, mais le dernier au rang de
la politique et de la diplomatie ; d'autres, qui
n'avait que la scintillation de leurs costumes et
de leurs crachats diamantés, ne sont pas tombés

sur le cœur et l'estime de leurs concitoyens, comme ceux dont nous avons suivi la bannière, Chateaubriand, Lamartine, Thiers. — En quittant le pouvoir, ceux-là n'allaient pas se dérober au-delà de la frontière.

Ainsi les ministres, leurs subordonnés, tous formaient dans la nation comme une congrégation ne connaissant, n'admettant rien de vrai, de possible, en dehors du mot d'ordre tombé d'en haut.

N'avons-nous pas été témoins des efforts de M. Rouher (1), haletant sous la charge de M. Thiers, alors que le ministre faisait souscrire

---

(1) On trouvera notre jugement bien sévère pour M. Rouher ; pour la justification de l'auteur, il lui suffit de mettre cet organe du règne sous le poids de ses propres doctrines. Quel enseignement pour qui se souvient !

M. Rouher repoussait le système de la responsabilité ministérielle.

« Je réponds qu'aucun de nous n'est assez grand pour un pareil rôle. En présence du suffrage universel, il n'y a qu'un homme qui par la *grandeur* de ses *services*, puisse être responsable à la nation, et cet homme, c'est le souverain. Les autres, quel que soit le dévouement, ne sont que *d'obscurs individus*. Penser autrement, c'est du délire. Vous voulez couvrir la responsabilité du souverain ; je vous déclare que c'est la vraie responsabilité qui sera *sa gloire* et *sa grandeur*. Car pour nous, *obscurs serviteurs*, nous n'avons nullement la prétention d'accroître la part qui nous sera attribuée. »

Quel langage, sans doute égaré de Téhéran à Paris ! — Nullement, le Sénat, la haute assemblée, comme on l'appelait, basse quant à l'esprit et à la prévoyance politique, couvrait d'applaudissements ce rampant langage.

Dans son dernier discours, le président du Sénat, l'ancien porte étendard de la parole gouvernementale, toujours le conseiller intime et l'écho du maître, a vu dans les préparatifs faits pour la guerre, depuis quatre ans, le plus beau titre de l'empereur. Jamais le cynisme de l'immoralité a-t-il poussé plus loin l'adulation ? Ici l'homme d'État n'est plus qu'un docile laquais, dissimulant la servilité sous les oripeaux dorés et placardés. On dirait l'importation en France, par contrebande, à destination impériale, du langage usité dans la cour du *Fils du soleil*.

la chambre à l'intrusion subreptrice de principes nouveaux, par la porte dérobée de la jurisprudence. Lord Brougham, Somers, Hardwicke, Stovel, Camden, et vous tous si fiers, mais si libéraux, un de vous eût-il jamais profané son caractère et scandalisé la représentation anglaise par de telles doctrines ?

Le temps de l'expiation devait venir, il est venu. L'homme implacable de cette chambre étoilée s'est brûlé la cervelle.

Ainsi dans ce qui constituait le gouvernement, ses principes, ses choix, l'empereur creusait l'abîme où devait, au premier souffle, tomber son échafaudage.

Comment pouvait-il en être autrement ? Les moyens honnêtes sous ce gouvernement de favori-

---

La déclaration Benedetti, les procédés Grammont, l'assurance sans doute donnée par ordre, au Corps législatif, par Lebœuf, que « tout était prêt, mille fois prêt, » tout dit le complot en désignant l'auteur et ses complices. Dans ce tripot dynastique, c'est la nation que l'on jouait. — On peut juger sur un exemple, pris entre cent autres, si Napoléon III a le droit de revendiquer, en sa faveur, le bénéfice des circonstances atténuantes. On sait que pour les causes désespérées, c'est le refuge ordinaire des coupables devant les cours d'assises.

Voilà la France plébiscitaire qu'avait créée l'empire ! — En Belgique, d'où ces lignes sont écrites, se trouverait-il un ministre pour abaisser son caractère à ce degré d'humilité dans l'hérésie de celle qui livre tout à un homme? Quand de pareils souvenirs tombent comme l'accusation d'un crime on rêverait, on ourdirait des retours bonapartistes. C'est idiotie, ou folie, — Non : c'est l'implacable ambition qui est prête à faire son marche-pied sur le cadavre d'une nation.

tisme n'étaient plus que des étiquettes du garde-
meuble constitutionnel.

Voici que s'avancent à leur place les pachas du
règne qui, en déclarant le bonapartisme dogme
souverain, faisaient plus sûrement leur proie de
la fortune publique.

En vain dans ce milieu délétère, se flattait-on
d'établir le correctif par l'armée. — L'aigle qui
brillait au casque et sur les drapeaux s'autorisait
des souvenirs pour étouffer la force morale, dy-
namique, dont l'autre relève. Il faut, en effet, que
l'armée sente au bout de sa baïonnette l'âme
nationale pour se dévouer : on ne se sacrifie pas
longtemps à un homme. — Qu'est-ce donc quand
le chef a tout attiré, absorbé, pour aboutir à la
plus affreuse débâcle préparée par son incurie?

Toute cette série de désastres est la conséquence
de ce régime autoritaire, ou, sous l'imaginaire garantie de la responsabilité de l'Empereur couvrant
l'administration, se sont accumulés les désordres et
les dilapidations. Tout est à découvert aujourd'hui,
il est inutile de récapituler ce que chacun sait.

Mais ces épreuves, ces holocaustes, ces dévas-
tations ne sont que la conséquence de l'annihi-
lation de nos troupes régulières, qu'a perdues
le commandement de l'empereur. Voici que l'ex-

termination, l'incendie y joignent leur horreur. L'humanité frémit. Si, comme il faut le craindre, les départements de l'est occupés, sont mis dans l'impossibilité de résister, les communications de l'ennemi avec l'Allemagne, sans trouble, lui permettent d'agir à coup sûr sans rien confier à la fortune. Enfin, s'il y a des millions de bras prêts à combattre, le gouvernement qui a précédé avait-il préparé les armes nécessaires, les munitions, les éléments d'instruction pour utiliser et diriger le bouillant courage? L'état de la science, le rôle nouveau de l'artillerie, qui semble rejeter dans l'accessoire le fusil perfectionné, qui, lui-même, écarte la baïonnette, toutes ces circonstances laissent-elles l'accès aux levées en masse, qui avaient leur raison d'être en 92? L'Europe militaire dit non, et les combattants français de Sedan concordent. Ce serait manquer à son pays et au gouvernement que de ne pas leur rapporter la manière de voir des organes, des hommes d'État désireux de voir échapper la France au gouffre où l'a porté l'empire.

La république française, par les œuvres legs de cet homme fatal, s'est donc trouvée de prime abord dans les rets ourdies par le captif de Wilhemshœhe.

Au sein de difficultés de toute sorte s'engendrant les unes les autres, nous entendons l'héroïsme s'écrier : « Combattre, vaincre ou mourir! »

Puis vient l'homme politique, dont le devoir est de peser les conséquences, de mesurer les moyens au but. L'expérience peut-elle être aussi affirmative dans le sens de l'action qui subordonne la conciliation à la force? Napoléon après la domination de l'Europe, ne pouvant se résigner dans les limites de Louis XIV, en appela à l'épée. Il a eu Sainte-Hélène, et la France a été la victime de cette inflexibilité. Sans les Bourbons et la majesté de souvenirs, sacre des siècles, c'eût été bien pis. On leur a reproché les traités de 1815, qui n'étaient pas leur œuvre, et cependant le salut du pays en sortit, tout en lui réservant l'avenir (1). Si M. Jules Favre, hors les impressions qui l'entourent et le jettent loin des évidences de son esprit et de l'histoire avait pu se recueillir, libre avec lui-même, et se dire : — « Dans la situation faite à la France, qu'eût fait un grand politique, plus réaliste que sentimental, écartant les senetnces pour ne s'attacher qu'au meilleur résultat, M. de Talleyrand, par exemple? »

(1) Un proverbe populaire en Allemagne dit des traités de 1814, 1815 : Les plumes des diplomates ont gâté l'épée du soldat ».

En se pénétrant de la pensée qui inspira cet architecte de la réparation nationale, on peut conjecturer le parti qu'il eût conseillé dans la perplexité où le neveu de celui qu'il écarta, avec tant de raison, avait placé la France, trois fois livrée à l'invasion par la même famille.

Certes, quatre millions d'âmes, nos sœurs, confondues dans nos souvenirs et notre gloire, — c'est une grande valeur; la perdre est affreux. Mais si dans le plateau opposé de la balance de l'homme d'Etat se trouve l'humanité avec les principes et le sentiment chrétien, aussi le sort d'une nationalité à ne pas risquer dans la continuation d'une guerre impie, — alors peut-être doit-on s'attacher à la paix. Sa réalisation, en laissant respirer le monde, en venant sceller la liberté, ne ferait pas oublier la part du sacrifice, mais le rendrait moins amer. On rasséréne rait le présent si lugubre, en laissant à l'espérance tous les rayonnements de l'avenir. — N'est-ce pas ce qu'a fait l'orgueilleuse Prusse après Iéna ? Hélas ! Il y a des circonstances où la résignation est la meilleure force du patriotisme, et la patience devient la vertu la plus réparatrice des maux qu'a amenés l'emportement.

LA CAMPAGNE, LA DÉFAITE

ET LA PRISE DE SEDAN

Ce sont les impressions mesurées aux faits qui forment ce que l'on appelle l'opinion, laquelle, suivant Pascal, *«* fait tout *»* en ce monde. C'est ainsi que Napoléon III passait pour *fataliste :* ce que l'on ne saurait mettre en doute, c'est qu'il ne fût la fatalité faite homme.

Le regard de l'aigle, qui peut contempler le soleil, le plus intrépide cœur se troubleraient dans ce tourbillon de désastres qui laisse tomber des lèvres haletantes, sous l'horreur des souvenirs et des perspectives les plus sombres, ce terrible mot : *fatalité.*

Jamais, peut-être, elle n'a imprimé à ce point son sceau sur une série de faits d'un caractère aussi foudroyant.

Prenons seulement, comme exemple, un épisode de cette existence où les contradictions s'amoncellent en nuages, pour en faire pleuvoir les déceptions : c'est la campagne, à partir du commandement en chef pris par l'empereur.

Il débute par nommer des généraux qui n'offrent dans le passé aucun des gages dont a besoin une armée à laquelle on demande l'héroïque tribut du sang. A leur tête apparaît M. Lebœuf. Contrairement aussi à la loi militaire, qui fait d'un commandement en chef la condition du maréchalat, il avait reçu peu de temps avant le fameux bâton. Dans la presse et l'armée, ce fut un murmure, et, pour l'Europe, une surprise (1).

Le général Frossard, favori de l'empereur, dont le seul titre connu était d'être le gouverneur du prince impérial, reçoit le commandement en chef d'un corps d'armée. Il ouvre la campagne par la représentation *Franconi* de Saarbruck, qui amène les représailles de Wissembourg, ce pre-

_____

(1) Les principaux organes étrangers l'exprimèrent, notamment le *Times*, etc.

mier acte du drame de sang où la France va se trouver enveloppée.

Wœrth suit de près : ici l'armée était commandée par un Bayard, mais le général en chef manquait. — On avertit le brave maréchal Mac-Mahon de l'insuffisance de ses troupes, il attaque quand même. Il est juste de faire remarquer que de Failly (1), en s'immobilisant, amène cette déroute sur Saverne. C'était pire qu'une défaite, car la défaillance, manifeste à tous, dans le commandement, de l'insuffisance des chefs, commence cette démoralisation contagieuse du soldat. Non-seulement celui-ci en perdant la foi, sent affaisser son moral, mais l'ennemi sent grandir sa confiance, ce puissant ressort de la victoire, l'observateur même non militaire peut entrevoir les désastres qui sont dans la logique de la situation, par l'*illogisme* de l'empereur, de son état-major, par l'imprévoyance dans toutes les branches qui constituent cet ensemble, où excellait Napoléon Ier. Les traditions que gardèrent la Restauration avec les Saint-Cyr, Bellune; le gouvernement de juillet, avec les Soult, Clausel, Bugeaud ; la République

(1) Il commandait en chef le 5e corps.
Encore un homme de malheur : à Wœrth, où il laisse tonner le canon sans marcher à ce signal non équivoque, et à Sedan, ainsi qu'on le verra plus tard. Il n'avait d'autre titre à un poste si éminent que l'indécente bouffonnerie : « Les chassepots font merveille. »

de 1848 sous la forte main des Lamoricière, Changarnier, cet ordre dans les services et les dépenses de l'armée, qu'en avait fait le second Empire, affranchi de contrôle ? — On le sait, on l'a vu, la forfanterie, les mots sonores : des victoires du premier Empire rappelés à tous propos, un chauvinisme passé à l'idolâtrie pour le nom Bonaparte, voilà ce qui restait au pays, qui avait le budget de guerre le plus chargé de l'Europe. — C'est qu'il faut revenir à la justesse du proverbe : " Tant vaut l'homme, tant vaut la terre. " L'empereur jouait au soldat et démantibulait les forces vitales de la véritable organisation militaire ; il avait toujours à la bouche les trophées et symboles glorieux, et le favoritisme de ses caprices se glissait dans les choix où la capacité seule peut sauvegarder nation et souverain. — Toujours la fatalité, celle d'un pouvoir immense qui met la main à tout pour détruire sans rien fonder : on dirait la monomanie qui vient conspirer contre l'œuvre collective des siècles et de l'expérience.

Un cri de réprobation s'élève de toute part. — Chacun voit le péril. — En vain Bazaine relève le malheur de nos armes par de vigoureux combats et immobilise les forces du prince Frédéric-

Charles, en vain on improvise de nouvelles armées précipitées à la frontière. — Voilà l'instrument, il est dans les meilleures conditions, une
artillerie superbe y est jointe. (Hélas! nous
avons pu en juger à Sedan, où nous l'avons énu-
mérée captive.) Mais l'esprit qui anime, pousse
la matière dans ce maniement d'hommes à relier,
ah! c'est le commandement. Les grands capitaines
font les bons soldats; et les bons soldats, sans la
direction d'ensemble, feront des prouesses, mais
ils ne seront que des braves dans une défaite. Or,
ce destin, aujourd'hui dans les conditions de la
guerre actuelle; l'héroïsme poussé au délire, non-
seulement ne le conjurera pas, mais le rendra
plus fatalement inévitable. La mécanique annule
l'homme, qu'elle oblige de la servir : l'artillerie
et la tactique annihilent la baïonnette et l'élan
qui ont valu tant de succès français.

Les revers s'étaient succédé comme grêle. Le
moment est suprême, il s'agit d'arrêter un plan
stratégique de réparation, on peut dire de salut.
— Deux opinions étaient en présence. — La première était celle qui consistait à rejoindre avec
110,000 hommes, formés au camp de Châlons, le
maréchal Bazaine, de le dégager entre Metz et
Montmédy, où dix-huit cent mille rations de toute

nature étaient *concentrées*. — Cette jonction des deux armées formait une masse de 240,000 hommes, qui, à en juger par la contenance, la solidité, les faits particuliers de Bazaine, devait mettre en déroute l'armée réunie entre la Meuse et le Shiers, du prince Frédéric-Charles et du général Steinmetz. De la sorte, le prince Frédéric-Guillaume, après le refoulement de la première armée, se fût trouvé entre cette masse de 240,000 hommes et la ligne de la Marne, sa base d'opération. Sa situation devenait pleine de périls, puisque derrière lui se trouvait Paris déjà en état de défense, et, autour de l'ennemi, la France.

L'autre plan sacrifiait d'emblée Bazaine, Metz le grand arsenal. On eût lapidé J. Favre, dit-on, s'il eût fait l'abandon à l'ennemi de places à sa merci, dans une situation *désespérée*. Comment aurait-on qualifié, grand Dieu, cet écart immense de l'est de la France, de l'abandon de Bazaine, qui seul, est resté fort, si on l'eût jeté en holocauste à une retraite qui livrait, sans coup férir, notre plus solide armée et le meilleur, le plus populaire de ses chefs? La question a été soumise à un conseil, il fut d'avis, le maréchal Vaillant en tête, de se porter au débloquement de Metz et à la rencontre de Bazaine.

Malheureusement, l'empereur, quoique passif
en apparence et en principe, restait à l'armée,
dont la Constitution le faisait le chef, et c'était
à Mac-Mahon que l'exécution était dévolue. Il
faut être juste; comme au temps de Benedeck,
l'opinion, qui a des erreurs d'optique lointaine,
la presse, qui a des engouements irréfléchis et
fait les réputations, avaient placé sur le nom
et le prestige de Magenta des espérances et
un résultat qui devaient avoir un triste lendemain.

Le succès d'une manœuvre vraiment française,
la seule même qui répondît au tempérament national jaloux d'aller en avant, se fondait sur une
avance de trois à quatre jours qu'avait l'armée
française sur le prince royal, dont la marche sur
Paris allait atteindre Épernay. De la jonction
projetée dépendait le sort de la guerre. L'attitude
de Bazaine, qu'on n'a pu ni forcer ni paralyser
dans les rudes pertes qu'il inflige journellement,
la résistance qu'oppose Paris ne permettent plus
le doute sur les conséquences de ce plan, s'il eût
été vivement exécuté.

Une comparaison de la distance parcourue par
les deux armées, dont nous avons pris l'état, en ce
qui concerne les étapes prussiennes, sur un livret

6

allemand à nous communiqué, dénote la première faute dans l'exécution.

Est-ce l'empereur, général fantastique, qui serait venu encore interposer sa funeste autorité et une influence regrettable que subissait Mac-Mahon ? Est-ce l'indécision, une insuffisance dans la tactique qui ont fait défaut à la stratégie? Quoi qu'il en puisse être, voici d'autres fautes de détail : on ne rompt pas des ponts qui facilitent le passage et l'avance de l'ennemi. Il y a pis encore. On se détourne du chemin direct pour se laisser acculer à l'extrême frontière. Ce n'était pas la voie topographique, ce ne pouvait être la direction du plan. Le sens commun indique qu'il consistait à se diriger sur Metz, par Verdun, sous la protection de cette ville fortifiée et du passage qu'elle assurait.

Mais, pour la manœuvre stratégique, dont la netteté saisit l'œil, il y avait une condition élémentaire. — Il fallait garder, par une marche rapide dans la vraie voie, l'avantage de distance qu'on avait sur le prince royal, qui s'était trop avancé, dans l'ardeur intempestive de se rapprocher de Paris. C'était la faute qu'il avait commise; à un général pourvu comme l'était Mac-Mahon, il appartenait de la lui faire expier. *Aux rapides la victoire*. Le maréchal ne sembla pas s'en douter. La réussite consistait dans la prompte mise à exécution de la marche de Châlons sur Metz, par Verdun et Briey. Frédéric-Guillaume s'était trop détourné pour arriver à temps. Des pluies qui le surprirent dans un terrain mou d'effrondrement ajoutèrent un retard de 24 heures aux 60 qu'il avait perdues. Il lui fallut, comme Blucher à Waterloo, réparer par les efforts du soldat. Le prince royal, un habile adversaire, même un grand général, revenu de son illusion, gagne de vitesse, et toutes ses colonnes se portent de front sur la marche de flanc de notre armée. On ne peut donc se rendre compte de ce que M. de Bismark, dans son langage pittoresque, appelait la *marche ondoyante* de Mac-Mahon sur Sedan.

L'étoile malheureuse de Wœrth se retrouve dans une nouvelle défaillance de Failly, à la tête du 5e corps. Toujours négligent à se garder, à s'éclairer, d'une présomption de discours qui laisse l'acte en désaccord, il s'était laissé surprendre par l'arrivée subite du prince de Prusse, dont la hardiesse dans la rapidité est assez connue pour engager à la vigilance. — Il en résulta un premier désordre dans le 5e corps (de Failly); il réagit sur l'armée entière.

Le général Vinoy formait, en outre, une arrière-
garde de 22,000 hommes, qu'il pouvait augmen-
ter de 10,000 hommes de la division Exéa, à
Reims, qui faisait partie de ce corps d'armée, soit
32,000 hommes. Tous ces calculs, dispositions, se
liaient à la marche sur Verdun.

Ce n'est pas tout : lorsqu'à la lenteur du mou-
vement d'attaque correspond la marche rapide
d'un ennemi que devait frustrer la distance, on ne
rompt pas même les ponts. Il y a trouvé des faci-
lités inespérées en gagnant du temps, ce capital
qui, bien employé, contribue tant au succès.

Il est une faute qui ne s'explique, de la part
d'un homme de guerre, que par le trouble, les dé-
viations, les embarras que la présence de l'empereur a suscités ; Mac-Mahon abandonne les hau-
teurs qui dominent Sédan. Pour quiconque suivra,
étudiera la topographie du champ de bataille,
celui où l'empereur a attiré Mac-Mahon présa-
geait la défaite. — C'est écœurant. — Il est, en
effet, des points dont l'occupation, si elle n'assure
pas absolument la victoire, la préparent et la facilitent. Telles furent, à Waterloo, les fermes de
la Haie-Sainte et d'Hougoumont. Elles formèrent
les attaches du plan de bataille de Wellington,
dont le centre était le Mont-Saint-Jean.

C'est dans des proportions plus largement lugubres qu'il faut mettre au crédit de l'action
prussienne et de ses résultats l'occupation du
point culminant abandonné par Mac-Mahon. Il domine la plaine et les versants qui devinrent le
tombeau de tant de braves, notamment de cette
admirable infanterie de marine dont nous avons vu
le glorieux mais sanglant calvaire. Nous y avons
trouvé encore épars, sous les témoignages de leur
bravoure, par les armes brisées, une foule de
leurs livrets, recuillis pieusement par un compa-
triote, pleurant sur tant de vies inutilement sacri-
fiées. — Enfin, Sedan, sous le feu d'une pareille
position, ne pouvait être qu'un monceau de cendres et de débris humains : une formidable artillerie sur ce point, c'est une ville, une population,
une armée à merci. — C'est ce qui arriva. Alors
il n'y avait plus qu'à pousser le cri de désespoir
de Brutus. Il retombe comme un anathème, dont
l'écho retentira jusqu'à la postérité la plus re-
culée.

Si l'histoire n'offre pas d'exemple d'une pareille
capitulation, elle n'a pas d'entreprise à mettre en
parallèle avec celle dont Paris est la cible en ce
moment, dans un cercle de 50 kilomètre d'en-
ceinte, environ. — Non, le siége lamentable de

Jérusalem, par Titus, n'est, en comparaison, qu'une entreprise lilliputienne.

Voici un galbe pris sur les lieux (1), et après les plus minutieuses informations fournies par les acteurs et témoins. — L'histoire mettra en lumière le rôle et la responsabilité de chacun. Le maréchal Mac-Mahon peut être assimilé à un Bayard, à un Murat : mais, non-seulement il semble étranger à l'art des calculs et combinaisons de l'école des Turenne, Condé, Napoléon, mais il a fait chanceler, faute de décision, faute d'aller devant soi, le plan dont il a été le bras inhabile. Une fois de plus, le monde aura appris que le plus fier courage, sans la science militaire, sans la précision des mouvements, découvre des braves qui savent mourir, mais ne donne pas la victoire.

(1) Le projet de jonction émanait du ministre de la guerre que sa situation exceptionnelle de chef de cabinet retenait à Paris Il y était réduit à n'être qu'un recruteur d'hommes et un pourvoyeur d'armes. La fortune de la guerre eût été probablement changée, si la lenteur inexplicable de la marche de Mac-Mahon n'eût pas frustré l'exécution. L'auteur du plan, s'il eût pu le conduire lui-même, ne pouvait lui donner un démenti dans l'application. — Ç'eût été se l'infliger de sa propre main. — Sedan ne pouvait être qu'un tombeau : ce n'était pas assurément le champ de bataille que désignait la topographie, car il ne pouvait même être un refuge. Il est devenu le traquenard de 90 000 hommes.

Nous nous proposons d'en faire le récit. L'heure n'est pas venue d'en saisir les lignes multiples. C'est une bataille qui n'a peut-être pas de parallèle dans les annales. Nous tenons aussi à la disposition de beaucoup de familles, auxquelles avis en sera donné, les papiers ramassés, témoignage glorieux pour ceux qu'elles regrettent.

LE MOT DE LA FIN.

Il reste un fait étrange, auquel le manifeste,
plus *qu'indiscret*, du prisonnier de Wilhelmshœhe,
vient ajouter une signification sinistre. Celui que
le roi Guillaume tenait comme responsable du
crime et des conséquences de l'horrible guerre,
sans précédents analogues, " reçut, suivant sa
propre déclaration, des informations journalières
des événements, comme si le Roi voulait en ap-
peler à son prisonnier des épreuves que les armées
prussiennes imposent à la France, dans un intérêt
qu'il croit être celui de l'Allemagne.

« La communication (1) du comte (de Bismark), dit-il, me confirme dans cette opinion. Mais le temps est-il bien venu pour moi de répondre à cette double attention par l'expression de ma pensée ? »

Cette rentrée sur la scène, qu'il a enveloppée dans des désastres dont nul ne pourra jamais peindre l'étendue et tracer la portée, vient mettre le fleuron sur la couronne du cynisme qui brûle ce front déshonoré.

L'homme qui a préparé, conspiré, déclaré la guerre sous le couvert des plus folles utopies, des assurances les plus pacifiques, des évocations belliqueuses, des refrains d'Austerlitz et d'Iéna, mêlés aux fêtes et aux expositions qui semblaient l'abjurer, tout à coup ce Protée change de langage, de principe, de programme. Il fixe les conditions d'une entente sur la réalisation contraire à tout ce qu'il a voulu et a préconisé comme Évangile de sa politique. Alors les dissidents, les avertisseurs étaient déclarés félons, anti-Français, parce qu'ils n'acceptaient ni le dieu ni sa doctrine, encore moins l'immoralité des procédés qui formaient le digeste et la procédure frustratoire de l'empire.

---

(1) C'était le compte exact des négociations de Ferrières. — En apprenant ceci, il semble que l'on soit le jouet d'un cauchemar.

Et pour trouver l'Eldorado venant tout à coup remplacer l'enfer, où l'ex-empereur, ce maître en perdition, a plongé son peuple vaincu, il ose tracer et signer de sa main violatrice de tous les serments un nouveau programme. Là on s'arrête confondu, car l'hallucination le dispute à l'abjection d'un égoïsme sanglant qui ne croit plus avoir besoin de dissimuler. — On se demande si c'est folie, si c'est l'endurcissement d'une conscience ahurie par l'usage des moyens criminels? Sans doute, il y a des deux. Vérité ou fiction, il y a plus : — c'est l'humiliation que la France ne peut amnistier. Celui qui n'a su ni commander, — ni combattre, — ni mourir, — ne songeant qu'à lui-même, a fini par l'offre spontanée de la reddition de son oisive épée. On avait vu des princes trahis par la fortune, désarmés par elle sur le champ de bataille : il ne s'en était plus rencontré s'infligeant le déshonneur de se désarmer eux-mêmes. Cette humiliation, ce déshonneur tout ensemble, il était réservé au neveu, indigne héritier du nom dont la France plébiscitaire restait affolée, de l'attacher à sa personne, d'en faire le spectre de Banco, au dernier acte de son règne, de sa mémoire maudite.

Ce n'est pas de la phraséologie ceci. Est-il un

lecteur qui, en égarant la pensée de cette ré-
flexion sur le personnage, ne trouve et n'avoue
que c'est bien la physionomie prise au daguéréo-
type de la conscience révoltée? Alors s'est offerte
à elle le miroir que réfléchit le lugubre tableau.

La vérité en fera l'arrêt de l'histoire.

Après la conspiration et le crime de sa guerre
purement dynastique, on le sait, celui écrasé,
détrôné et captif vient apporter à son posses-
seur son opprobre comme garantie de sa soumission.

C'est pourquoi il ne craint pas de lui affirmer
ce qui suit :

« L'exposé sincère et concis de la vérité a toujours établi entre la France et moi un courant
sympathique que rien ne pourra détruire. Il me
suffirait, je le crois, d'affirmer que notre honneur
n'a aucune atteinte à subir d'une réconciliation
basée sur le désarmement de forteresses devenues
alors inutiles, et sur le principe d'une indemnité
de guerre à fixer par Etat, pour que la paix devînt
possible. »

« Ces conditions peuvent empêcher la France
de recourir à des extrémités qu'un caprice du hasard suffirait pour rendre mortelles à l'ordre so-
cial européen.

« Ramenée par l'expérience à la saine appréciation des divisions qui la déchirent, et dé-
livrée du fléau de la guerre, la France n'hésite-
rait pas à reconnaître qu'obligée d'attribuer
ses malheurs à son manque d'unité politique,
elle doit désormais attendre sa prospérité de
l'inviolabilité strictement observée des institutions. »

On le voit, il s'est peint au naturel dans ce
sans-façon de cynisme. Serait-ce une mystification
apocryphe ?

Cet homme ne semble pas se douter du poids
qu'il a attaché à son fatal souvenir. — Par sa
faute, à cette heure, Paris, le charme du monde,
le centre de tous les intérêts, est enfermé dans
un cordon de souffrance, de mort, de perspectives
qui terrifient les moins sensibles ; ce Versailles,
le plus somptueux des palais où le grand roi
semblait toujours attendu, consacré aux gloires
de la France par Louis-Philippe, a pour protection la croix rouge désignant l'hôpital des blessés
prussiens. Tout ce que le génie, la célébrité, l'héroïsme conçut y a son image dans les salles,
livrées aux soldats de la rude Poméranie, dont la
présence est insultante. — Dans ce temple de la
magnificence, nos plus glorieux symboles se déta-

chent au milieu des baïonnettes qu'ils ont annihi-
lées si souvent.

L'hôte royal qui y était traité en ami, il y a quatre ans, va les occuper en vainqueur. Celui qui
lui en faisait les honneurs, où est-il? Captif dans
un palais, il conspire encore, aux dépens du peuple qui lui a tout livré, et qu'il a dépouillé,
trompé, exploité de toutes façons, qu'il a finalement conduit à une défaite qu'on doit à son incapacité. Cependant, lui, calomniateur de son
armée, ne manquera point, par la voix gagée de
ses émissaires, auprès des paysans, de mettre
son propre méfait sur le compte de la trahison.

Le cynisme qu'étale ce grand coupable peut
indigner, non étonner. — C'est la série des fata-
lités qui s'appellent et s'engendrent.

Mais que Guillaume, M. de Bismark, que
l'Allemagne savante, qui ont la passion des arts
et des lettres, pris d'un vertige de vengeance, de
sang d'émulation dans la ruine, s'acharnent à la
victime à eux livrée par un empereur de contrebande, on ne peut l'admettre. Ce serait la cruci-
fixion dans une monstruosité.

Hélas! est-ce qu'on estimerait qu'il n'y a pas
assez de sang versé, de deuils allemands et fran-

çais ? Un cri d'angoisse, bientôt accusateur, s'élève de l'univers.

Nous l'avons dit après lord Castelreagh : Prusse, Russie, France, aucune nation n'abuse impunément. Si, comme le déclarait Mme de Staël à lord Byron : " Le monde est trop fort contre quelque individu que ce soit ", — l'Europe et l'opinion du juste, qui confondront les nationalités, ne sauraient être vaincues par la victoire, même la plus foudroyante. Le lendemain est à tous, il est à l'expiation, cette loi dont Dieu a fait la justice qui, dès ce monde, anticipe celle assurée de l'autre.

Quoi ! on pourrait songer à exercer sur un peuple cette violence, le plus honteux des outrages que l'esprit du mal peut rêver ! Dieu ne laissera pas aboutir au but sacrilége.

Et ce serait pour cela qu'on forcerait une ville qui devrait être un palladium, sous la garde des nations dont elle était l'attrait hospitalier, à renouveler les scènes de Saragosse, à s'ensevelir comme Jérusalem ! Quoi ! tout à coup une sollicitude subite se serait glissée dans le cœur qui a voulu qu'on suivît la voie criminelle ! où Dieu l'a fait tomber. L'innocente victime frappée dans l'honneur, la destinée, la vie, la fortune de ses enfants, profanée dans ses sanctuaires de gloire,

pourrait être de nouveau la proie de l'aigle avide
et imprévoyant !

Ah ! c'est de ce gouffre de désolation que Guillaume, le représentant du droit divin, ferait surgir
pour le dénouement à son expédition d'Alexandre
non un Darius, celui-là savait mourir, mais le
mendiant d'une couronne soumise à sa loi!... Il
viendrait par cette porte honteuse renouveler une
domination qu'on peut abhorrer avec plus de raison que les traités de 1815 !

Il y aurait là pour le monde, non la morale en
action régalienne : ce serait l'explosion d'une indignation, à faire sauter en éclats les plus solides
couronnes.

Il ne resterait plus aux nations soulevées, aver-
ties de ce que peut le machiavélisme royal, qu'à
suivre à tout prix les étapes des doctrines si redou-
tables aux dynasties.

La conscience humaine se détournerait d'elles.
L'impérialisme n'était pas un abri, c'était le caveau
mortuaire, l'arsenal où ce sombre conspirateur,
Napoléon III, tramait contre l'Europe ; il y avait
marqué la place des libertés et des vieilles dynasties.

Il a succombé après avoir fait de la France, si
virile et si glorieuse, la Niobé des nations. Il est
tombé jouet de lui-même. Au lieu de demander

la gloire à la vérité, à la vertu, il a voulu emprunter le triomphe à la ruse. Mais les faveurs de la fortune, moins capricieuse qu'on le suppose, ne s'ouvre qu'au génie qui sait la fixer.

Napoléon III a trouvé sa punition dans le destin même auquel il a marché, sans nul souci des lois divines et humaines dont il faisait la litière de sa route. — Ici se rencontre la justice providentielle qui a mis son sceau indélébile sur l'anathème des hommes.

L'histoire du monde offrit-elle jamais un plus grand *erudimini* dans le plus dramatique des résultats?

L'héritier du grand Frédéric, de cette race militaire que Napoléon Ier semblait avoir éclipsée à jamais, est à Versailles, du moins son fils a placé son quartier général dans ce séjour du roi qui justifiait sa devise : *Nec pluribus impar*.

C'est devant la splendide statue de Louis XIV que *Fritz* distribue ses récompenses à ceux qui l'ont amené là.

Souvenirs de notre gloire, est-ce assez de profanation! Le Prométhée qui prétendait lui apporter un éclat nouveau n'a su que ternir l'ancien. — Son progrès à lui, c'était la défaite avec tous ses maux !

L'héritier de Napoléon le Grand, à cette hauteur où il semblait que nul autre ne pût atteindre, l'héritier de ce conquérant dont l'ombre rendit la France aussi folle qu'imprévoyante, eh bien! cet empereur défaillant à son nom, à sa famille, à son peuple, à tout, est prisonnier à Wilhelmshœhe. Aux lueurs sinistres qui s'échappent d'une carrière, qui devait avoir un pareil et si tragique dénouement, l'histoire rougira d'écrire le nom qui a ébloui le commencement du siècle. Il laisse bien loin derrière lui les plus fatals, celui qu'on appellera désormais : *L'homme de Sedan!*

UN RAPPROCHEMENT INSTRUCTIF

M. DE TALLEYRAND

L'esprit, stupéfié à la vue de l'abîme ouvert à la France, en 1870, se reporte à 1814. Son instructif souvenir se place au frontispice du caveau funéraire, où, jouet d'un esprit de vertige, il semble que l'empereur ait voulu précipiter la France (1).

Celui-ci, sous d'autres chefs que la dynastie corse, tantôt par une politique nationale, tantôt par les armes, avait déjoué et refoulé toutes les

---

(1) Le *sauveur* prétendu ne s'est plus trouvé être qu'un entrepreneur de pompes funèbres. Quelle ironie du sort aux adulations qui ont enivré cet homme, au point de lui laisser prendre les feux follets de son cerveau pour des illuminations de génie ! Quelle fin !

invasions. A la chute du premier empire, la vieille race de Clovis put seule rédimer la nation du courroux, qui invoquait le droit de terribles représailles. Au milieu de cette détresse, celui qui avait amené la coalition se cramponnait au pouvoir, comme le pilote troublé au mât du navire dont il a causé le naufrage.

Napoléon Ier, trahi par la fortune, ne s'était pas ignominieusement rendu ; sous les lauriers de Montmirail et Champaubert, il se flattait d'attacher à son épée, restée terrible, le talisman de sa dynastie. C'est pourquoi il dépêche Caulaincourt à Alexandre. Talleyrand et Fouché, auxquels rien n'échappait des plus secrètes intrigues, veillaient.

— Aussi l'ancien fastueux ambassadeur, errant dans la banlieue, avait vainement voulu pénétrer dans Paris. — Le hasard lui en ouvre les portes. Le grand-duc Constantin, se promenant dans son attelage tartare, rencontre cet ancien Parmenion favori de l'Alexandre français. Il le prend et l'emmène à son frère. Celui-ci était sous le toit de M. de Talleyrand ; Caulaincourt adroit, insinuant, trouve le moyen de toucher le noble cœur du tzar et de rendre favorable l'allié qui a Tilsitt, s'écriait dans son enthousiasme :

« L'amitié d'un grand homme est un bienfait des dieux. »

Au sein de ces épanchements, de ces évocations des jours heureux, triomphants, la nuit marque l'heure du repos. L'hôte impérial de M. de Talleyrand offre au duc un lit jumeau de celui dont il usait dans son dédain des mollesses de la civilisation. — La conversation prolongée de la sorte réveille des échos sympathiques.

Grand était l'espoir du duc de Vicence, mais les cœurs des rois sont comme les destins : la raison d'État laisse peu d'accès ou de durée aux inclinations, là où elle emprunte une voix autorisée comme celle du prince de Benevent.

On va en juger.

Anxieux de cette longue conférence dont le motif était transparent, M. de Talleyrand feint pourtant le flegme : pas un mot trahit ni son émotion ni sa pensée.

On s'assemble pour le conseil non d'une nation, mais des nations les plus puissantes suivies des plus petites. — Castelreagh, cet homme de fer qui, héritier de la haine de Pitt, l'avait portée à but, brillait parmi les souverains, les dominait même.

M. de Talleyrand prend la parole. Voici le sens puisé dans notre mémoire, de la mémorable allocution par laquelle il fait évanouir le rêve de nuit, la chimère d'une amitié plus fanatique que nationale : il démontre les périls qu'elle récelait pour l'Europe :

« Majestés, Excellences. Le parti que vous allez prendre comptera dans l'histoire, suivant que la sagesse ou l'illusion l'inspirera. Vous allez fonder le repos ou perpétuer le trouble du monde. Après tant de leçons données par la Providence, après tant de témoignages de l'impossibilité du caractère de l'Empereur de tenir le repos dans le respect du droit d'autrui, il faut reconnaître la vérité. Pour moi cet aveu m'est pénible, car il m'accuse. En France, hélas ! nous avons tout essayé, nous avons eu recours à tous les expédients, nous avons épuisé toutes les variétés républicaines. Nous en sommes venus au gouvernement militaire, fausse enseigne de l'ordre. Tout a été vain, caduc, tout cela le serait encore, car nous étions et serions toujours la révolution. »

Devant ces paroles si graves, sous le sceau de tant de sang et de ruines, il n'y avait qu'à s'incliner.

C'en était fait non-seulement du couronné par tant de lauriers, mais aussi de sa dynastie. L'Autriche elle-même, gagnée par le principe d'une sécurité mutuelle à établir entre les États, recueillait son archiduchesse et effaçait le titre pompeux du roi de Rome sous celui de duc de Reitchatd : c'etait le deuil d'un empire.

Quel enseignement à cinquante-six ans de distance, au sein des malheurs renouvelés, démesurement agrandis aux proportions d'une ruine nationale, publique et privée par la fatalité qui avait été attachée à cette famille ! On dirait la race qui sème le malheur, un fléau à destination spéciale de la France.

Vous qui l'avez prôné, plébiscitaires qui l'avez consacré, demandez pardon à Dieu et aux hommes, de la part que vous y avez prise. En regardant vos familles, vos foyers dévastés, et la place vide de tant d'êtres ravis, par la faute de cet homme…, mon Dieu, nous venons pleurer avec vous ! (1)

Ainsi, les deux Bonaparte, l'oncle, le neveu ont abouti aux grandes tragédies de Waterloo et de Sédan, objet de nos plus minutieuses investigations.

---

(1) On peut en vain fouiller les annales les plus lugubres, on n'y rencontrera pas une page pareille. La désolation, la ruine, l'humiliation ne s'étaient pas montrées encore à ce degré.

Le prétorianisme du 2 décembre, l'embauchage du conspirateur, son parjure, son outrage aux généraux les plus illustres, saisis impunément, tels que des malfaiteurs ; voilà ce qui a produit ce relâchement des principes et de la discipline de l'armée. Jamais la Némésis des poètes n'a revêtu une figure si terrifiante.

MYSTÈRE

GUILLAUME. — BISMARK. — BAZAINE

Voici qu'un bruit étrange circule sur une intrigue mystérieuse qui prend toutes les faces et a
recours à tous les moyens. Nous croyons qu'il a
peu de fondement sérieux. Un homme politique
ne saurait s'y prêter, soit qu'il prenne sa règle
dans la haute raison de l'homme d'État, soit qu'il
s'inspire du sentiment de la fierté de sa puissance
ou de l'orgueil du succès. — L'un et l'autre dédai-
gneraient de se rapetisser à ces moyens de caserne.
L'habileté, la grandeur, gardant leur prestige,
écartent ce masque judaïque, c'est par d'autres
vues, même par la violence, qu'elles marchent à
leur but.

La stratégie, la force des choses, les résultats obtenus, leur propre gloire, le soin de leur réputation ne permettent cette voie tortueuse ni au comte de Bismarck, ni au général Moltke. Il y a cent motifs où l'évidence de cette opinion ruiselle. Nous en détacherons quelques traits principaux.

Ce n'est pas seulement un outrage au maréchal Bazaine et à son armée, c'est aussi méconnaître absolument la situation et la nature humaine.

Quoi! un général, soit qu'il n'ait pu, à force de vaillance, ou qu'il n'ait voulu, par des raisons faciles à expliquer, faire une trouée dans les lignes ennemies, finirait ces combats par le plus grotesque dénouement! Laissé tout à coup libre sous le couvert d'une capitulation concertée, on le verrait bras-dessus, bras-dessous, ou au moins avec l'agrément de ceux qu'il accablait hier de ses obus, s'élancer contre la république. Alors sous un prétexte quelconque, armé d'une dictature secrètement favorisée par l'esprit machiavélique de M. de Bismarck, il réclamerait la réunion des comices pour élire, sous l'étourdissement de ce coup de théâtre, l'assemblée constituante qui aurait à fixer les destinées de la France. — Bien entendu que le *Deus ex machina* serait la terreur qui s'attacherait à l'épée du nouveau Brenus, mis dans le plateau d'un des côtés de la balance du suffrage universel.

D'abord, une fois hors la citadelle, ce plan tré-
bucherait à l'air de sédition qui envelopperait forcément le soldat. Passant tout à coup de la discipline militaire à l'exercice de ses droits de citoyen,
dans les circonstances, marcherait-il jusqu'au bout
dans cette mascarade prétorienne ? Pour le rendre
possible, il faudrait pouvoir le transporter dans
une flotte à gaz de ballons, sans communication
avec la terre. Telle est la vérité sur ce point.

Croire aussi que le profond M. de Bismark ira
donner carte blanche à cette grande armée captive, pour cette campagne ténébreuse, est-ce ad-
missible ? C'est un roman où tout se heurte, il
n'y manque que le sens commun. Il faudrait une
folie générale, pour que les acteurs désignés puissent mener jusqu'au bout la pièce qu'ils seraient
chargés d'exécuter au milieu des huées et des
laves de l'indignation.

Les personnages, dont l'accord est nécessaire,
soumis à des esprits divers, marchant à des buts
opposés, le chœur discordant à chaque note, l'im-
prévu, tout ce qui doit produire la titubation sur
la route, ne laisseraient aux auteurs de l'intrigue
que la honte de cent déconvenues — de détail,
dans le plus ébouriffant fiasco.

Il est une autre raison, moins monstrueuse en apparence, qui va à des conséquences pires encore.

Une armée sortirait, avec la permission des assiégeants, pour signifier à la nation *qu'il faut faire de soi, et sans délai,* c'est-à-dire pour qu'elle ait à placer, d'après l'*ultimatum* arrêté sous la permission de l'ennemi, un imbroglio nouveau et formidable dans la confusion présente.

Qui lui ouvrirait et donnerait ce droit? Un complot entre les ennemis de la veille. — Quelle origine, quel but avouer? — On n'aperçoit une autre source que celle d'un de ces embauchages qui, sous un costume d'emprunt, rappelleraient ce qui s'est passé le deux décembre, dont la France recueille les fruits amers, après les menaces et méfaits qu'en ont éprouvé les autres États.

Ce serait pour descendre à ces ignominies de trafic, de conceptions maladives allant à des faillites, à des violences, à d'autres holocaustes, que M. de Bismark donnerait sournoisement la clef des champs à Bazaine. Quel thème de mélodrame! Mais la politique forte a d'autres procédés.

C'est pourquoi, soit qu'en écartant la haute moralité, on se borne à ne tenir compte que de la situation des événements, soit qu'on se renferme dans le cercle du présent ou qu'on regarde l'avenir, on dit : Voilà un étrange rôle que vous assignez au ministre du très-prochain inévitable empire d'Allemagne.

Nous avons vu à l'œuvre le *grand ennemi*, pour emprunter les mots de Milton ; celui dont vous parlez, nous l'avons portrayé en annonçant, en 1866, ce qu'il est en train de poursuivre, aux dépens de notre chère France, non-seulement mal gardée, mais livrée par son empereur.

Au moins, le cuirassier blanc, on pourrait dire le dragon terrible, en restreignant les libertés constitutionnelles étendait les frontières. — Il peut bombarder Paris, le prendre, peut-être, pour le deuil et le malheur de la civilisation, ce qu'à Dieu ne plaise ; il ne descendra pas à cette *trachery*.

Quant à Guillaume, lui qui croit que « le droit divin a destiné les Hohenzollernn à porter des couronnes, comme un arbre à porter des fruits ; lui qui, à son couronnement, n'attendit pas qu'on lui mît, mais saisit, de sa propre main, le diadème de sa royauté *impériale* sur la *table du Seigneur*, comme il le dit, ah ! ce n'est pas à une nature aussi mystique moulée dans le bronze, toute empreinte des traditions du passé, chef d'une noblesse militaire, d'une société hiérarchisée, ce n'est pas à ce souverain enorgueilli de ses victoires, qu'il faudrait aller proposer un pacte d'infamie. — Une conquête lui semble être son droit et son idée s'exalte : contre une trahison de cette nature, on a pour garants son intérêt et son honneur de roi, sur lequel, en voulant rester conquérant, il n'a pas transigé, que nous sachions.

Il ne commencera pas avec Bazaine. Celui-ci, sans nul doute, est à d'autres soins et à des pensées plus dignes de sa renommée.

Ecartons donc le cauchemar de ce pacte d'infamie.

Car pour le roi Guillaume le Victorieux au delà de ce que le rêve pouvait concevoir, il y aurait, dans une pareille connivence, pis que l'apostasie de ses ancêtres, il y aurait l'apostasie de lui-même.

Quel dénouement à tant d'exploits ! La confusion, les éléments des intérêts aux prises, de toutes les fureurs s'élançant comme l'éruption d'un volcan, l'irréconciliabilité d'un juste mépris, dès lors, feraient courir l'horreur dans le monde moral. Comment s'en défendre, comment ne pas être pris de l'exaspération qui ne laisse plus mesurer le sacrifice et y pousse à la vue de l'association infernale du suicide, de l'assassinat, des guerres

civiles attisées par une telle provocation. L'anathème graverait le châtiment dans l'histoire : en
l'an de grâce 1870, ce serait le retour au chaos
dont Dieu tira le monde.

C'est notre intime foi que les novellieri auront
erré une fois de plus. Le spectre d'une imagination frappée par tant de péripéties aura posé devant eux cette vision qui rappelle l'Apocalypse.
Une politique positive ne verse pas dans le mélodrame (1).

(1) Ce qui semble ressortir au milieu de tant d'interprétations contradic-
toires, c'est que militairement Bazaine occupe une situation fort incommode
pour l'ennemi, dont la famine menace de le déloger. L'habile maréchal
a su tirer le meilleur parti possible de cette armée dont la France est fière.

Politiquement, il se trouve n'avoir ni reconnu, ni méconnu la République.
En traitant, aurait-il la pensée de lier la Prusse à un armistice général qui
laisserait la forme ultérieure du gouvernement se régler par une assemblée
élue. — Tel serait le fond de la négociation. Réussira-t-elle? Quant aux
combinaisons qui ont été rêvées, quant à celles qui peuvent surgir ou
aboutir, c'est un compte à régler avec les événements.

Le projet de la restauration bonapartiste rencontrerait trop de vagues
furieuses pour que cette folle embarcation tente l'aventure. La capitulation
de Metz détruirait la dernière espérance bonapartiste. L'isolement de
l'armée lui a conservé ses derniers partisans.

LA PAIX POSSIBLE ET NÉCESSAIRE.

Dans l'intervalle écoulé entre notre première
édition et celle-ci, la cinquième que commande
l'empressé accueil de l'Europe, nos tristes prévi-
sions produites, avec la mesure commandée par
le patriotisme, sont devenues des faits qui appar-
tiennent à l'histoire. D'abord un cri s'élève de
toute part. L'écrivain qui ne relève que de sa
conscience ne flatte pas les rois et les puissants, il
leur porte la voix qui dit *sursum corda*, au vainqueur qui a déclaré : « Je n'en veux qu'à celui
qui m'a provoqué, nullement à la France. » — Il
est cependant tombé ce provocateur, et la mort,
la désolation ne font que grossir. Hé bien, là où

la résistance du droit est impuissante contre la force, la justice divine ne l'est pas. Voilà une vérité pour laquelle on peut frapper le prêtre, mais elle lui servit, elle accuse, elle triomphe tôt ou tard.

Cependant, il ne faut pas être partial. Le moment est trop solennel pour ne pas distinguer la responsabilité de chacun. Il est des circonstances où le silence devient une perfidie.

Donnons essor à une pensée qui n'est que l'écho de celle de l'Europe humaine et sympathique aux malheurs de la France trop excitée, peut-être égarée par tant de déceptions, pour l'accepter sous la contrainte de son malheur.

On vient de refuser la proposition d'armistice dont le brave général Burnside (honneur à lui et à la libre Amérique), avait pris la généreuse initiative au péril de sa vie. Pendant que M. Thiers, le seul homme d'État de la France, doué et en situation pour cette tâche, ramenait l'Europe, voici des hommes, jeunes ou illusionnés, attachés à des maximes, qui ne sont pas des canons qui minent les bons effets de sa patriotique mission.

Les généraux se succèdent sans qu'il leur soit possible de rien organiser, ni d'opposer une force régulière à des armées constituées, aussi fortement préparées de longue main, aussi solides et exercées que celles de la Prusse (1).

Suivant les probabilités humaines, des défaites nouvelles peuvent écheoir, tant qu'on ne sera pas en mesure. C'est donc un panorama de malheurs. — Ce qui rend la situation si critique, c'est l'état de dénuement que l'empire a laissé à la France. On est à court de matériel. La bravoure vainement s'élance, à l'instar des Gaulois nos pères. Une guerre d'artillerie, dont le prince Frédéric-Charles est l'inventeur tacticien, fait pleuvoir la mort de la main d'un ennemi invisible. Napoléon III s'en fiait à ses mitrailleuses : il ne soupçonnait pas l'ascendant de justesse et de portée contre lequel il lançait, en étourdi, l'armée et la destinée de la France.

Pour persévérer dans la guerre à outrance, il faudrait que Paris, ou la province, les deux simultanément, puissent repousser ou détruire l'armée assiégeante. On sait combien sont douteuses les espérances à cet égard.

Nous devons achever par une triste perspective qu'appelle la continuation de la guerre, si un

(1) L'auteur a été à même d'en juger dans les deux plus mémorables phases de l'histoire moderne, en 1866, en Allemagne, en 1870, à Sedan. Il a vainement averti l'empire, il poursuit le même rôle ingrat. Ceci dit avec la conscience de la vérité et du devoir qu'elle prescrit.

génie providentiel n'ouvre pas l'issue dans cette impasse où l'abîme est béant.

L'approvisionnement de Paris est une question de jours. Dans un long cercle l'environnant le pays est ou sera dévoré. Vienne l'heure où, faute, non de courage, mais de subsistance, il faille céder, alors on n'ose envisager cette série de souffrances de désastres. Quand on a vu Sedan, c'est à s'en faire une idée, même très-imparfaite.

Alors en dehors de la paix, peut-on ne pas apercevoir dans quel labyrinthe la France serait placée. La misère ne peut manquer de se répandre, comme une contagion, sur les parties préservées. Ce serait pis que des conflits d'ambitions, on verrait la lutte acharnée de la faim. Oh! la faim, quelle démoralisatrice des plus honnêtes natures. Nous avons vu à Sedan, les plus hospitalières demeures portant les ravages amicaux du soldat français, et même des soldats se battant entre eux pour le pain du jour.

C'est une menace flagrante aux familles, à la propriété, à la nationalité, à la liberté, à la fortune publique et privée.

Pour résumer l'état des choses.

La question se pose ainsi, doit-on, en exagérant le point d'honneur, suivre les errements du

passé impérial, au lieu de faire la part aux circonstances et aux malheurs, œuvre de l'empire?

Usons des bons sentiments des neutres. Qu'on
se rappelle qu'au-dessus de la république, comme
de toutes les formes monarchiques, plus ou moins
durables, il y a ce qui est inaliénable, la nationalité. Il n'est permis à personne de la risquer sur
des théories nébuleuses qui dérobent un gouffre.
Elles apparaissent non comme des étoiles de salut,
mais plutôt à l'instar des comètes qui, suivant
Napoléon-le-Grand, annonçaient la catastrophe.
Puissent Dieu et les sympathies des peuples pré-
server la France! Détruire Paris, c'est éteindre
le plus brillant foyer de la civilisation : ce serait
un outrage au monde, et un crime envers l'avenir!

CE QUE DOIT ÈTRE LA GUERRE

Le patriotisme a pour meilleur auxiliaire la vérité; la fausseté, l'exagération ont un triste réveil, au coup de foudre de la déception.

L'incapacité du dernier régime portait en lui le germe contagieux de tous les malheurs qu'il a fait jaillir sur le pays.

Il faut que l'expérience si chèrement achetée serve au moins à quelque chose.

Deux voix s'ouvraient devant la France, après ce Sedan fatal et encore à la conférence de Ferrières.

La paix écartée sous la condition absolue de sacrifice territorial, il n'est plus resté que la guerre, signifiant le manifeste « du pacte avec la victoire ou la mort. »

Cela dit et résolu, il eût fallu s'attacher aux moyens les plus propres à atteindre le but.

Ce qui vient de se passer pour Orléans a été un nouvel toujours sanglant avertissement, dont le premier fut Wissembourg.

Il ne faut pas, en se payant de mots, tomber de Charybde dans Scylla.

Encore moins faut-il se garder d'emprunter à l'aventure, aux inspirations du courage, les plans suggérés par une légitime indignation.

Si la valeur suffisait, on pourrait s'en reposer absolument sur elle.

Une jeunesse robuste d'âme et de corps accourt de toute part. Sous l'aiguillon de tant de motifs, bondissante devant le récit des actes d'horreur qui fait frémir les échos, elle devine ce qu'elle n'a pas appris. Parmi les troupes les mieux aguerries, on chercherait vainement plus d'intrépidité.

Mais il y a entre les moyens à mettre en œuvre plus que des divergences, c'est une opposition inconciliable.

Les uns, à la tête desquels est l'école civile, dont M. Gambetta est l'organe, se souvenant des prodiges de 92 et 93 qui ont brisé l'invasion,

croient à l'efficacité de la masse impulsive, courant au combat, alors même qu'elle ne se coor-
donne qu'imparfaitement à l'ensemble d'un plan,
à la science stratégique. Les hommes du métier,
au contraire, soutiennent qu'elle seule doit aborder le terrain et gagne les batailles.

Tous ces combats partiels et cette division de
forces en détachements épars ne peuvent mener à
aucune conclusion. Ce qui presse, c'est l'organisation urgente, rapide, fiévreuse d'une armée puis-
sante qui puisse faire diversion au siége de la ca-
pitale.

Les masses non disciplinées, sans un chef capable, sont de grands embarras, et comme le général Bugeaud le disait avec grand sens : plus le
nombre des combattants sans ordre est grand, plus
facile devient leur défaite, n'ayant point d'unité
de commandement ils n'ont pas d'unité d'action.

Il est à propos de faire remarquer, ce qui consti-
tue surtout la force de l'armée allemande, c'est cette
discipline poussée peut-être à l'excès, bonne en
guerre, difficile et même un péril pour les institutions civiles si on prétend l'appliquer à la paix.

Ce qui précède sur les deux systèmes, en pre-
nant en considération l'opinion des spécialistes
militaires, donne lieu à l'examen du meilleur em-

ploi à donner à la garde mobile. Il y a donc pour
elle une autre tactique à employer, fondée sur
l'avantage qu'en rase campagne, les Prussiens empruntent à leur armement et à leur organisation.
La première infériorité est due à l'état délabré que
nous a laissé le désordre de l'empire, l'insuffisance
des armes, et l'infériorité de l'artillerie. Il en ré-
sulte que nos nouveaux soldats ont des fusils anciens ou transformés en tabatière, qui ne sauraient
les mettre de pair avec un ennemi pourvu d'armes
se chargeant par la culasse. Il est d'autres raisons
que nous avons déjà données.

Sous cette inégalité quant à l'instrument et
à un exercice insuffisant, il reste bien peu de
chance devant le feu d'hommes rompus à la guerre,
et qui peuvent tirer trois coups contre un à leur
servir en échange. Le Parisien y a suppléé; lui,
d'ailleurs, il a une intelligence, une adresse propres à être au niveau de tous les devoirs : mais
dans les provinces, avec des recrues rurales surtout, il y a peu à attendre, tant qu'elles n'auront
pas été équipées, dressées, armées. Le temps, ce
précieux capital, a été ravi, comme tant d'autres forces actives, par le gouvernement impérial
qui avait un incontestable génie, — celui de la
désorganisation.

Qu'on cherche dans l'histoire un concours de si malheureuses circonstances.

Nos armées prisonnières, bloquées ou détruites.

Les généraux captifs, ou mis en interdit sous l'engagement d'honneur des capitulations.

Les arsenaux d'armes et de munitions aux mains de l'ennemi, ou comme celui de Metz annulé par le siége.

Une partie de la France occupée, l'autre rançonnée, ravagée.

Enfin Paris, ce cœur et cerveau de la nation, ne pouvant communiquer le souffle de son esprit et de son courage que sur l'aile des vents portant les aéréostats.

Ce qui achève le lugubre tableau, c'est qu'à la dissipation des ressources, se joint la disette du temps dévasté, comme le reste, dans les incertitudes et les fausses mesures de l'empereur.

Tout à refaire, — à pourvoir, — à reconstituer, en armes, en chevaux, en matériel.

C'est dans une si grave conjoncture qu'importe le choix d'un général, un organisateur de la guerre, un esprit synthétique pouvant relier les efforts, les moyens et en combiner l'emploi.

Ceci n'est pas contesté. Nous croyons entendre :

" Quand on fait l'exposé du mal, il faut pouvoir y apporter le correctif. "

Il est dans la formation des camps. C'est un avis qui a été déjà motivé, dont le patriotisme doit faire son profit.

Dans ce système adapté aux circonstances, il est deux points principaux indiqués forcément pour être les clefs d'attache de toute l'organisation. L'un doit s'asseoir fortement sur la Loire, l'autre doit se retrancher sur le Rhône.

Cela seul peut permettre de dresser les levées, en les protégeant, de façon à ce qu'elles puissent aborder le terrain comme des auxiliaires et non comme un embarras.

Quant au combat, ce n'est plus en corps détachés les uns des autres, mais c'est en masse déjà disciplinée qu'il faut l'aborder.

Les communications, envois, devront être interceptés par une fourmilière de cavalerie légère, de corps francs. Si ceci peut s'accomplir pendant que Paris et Metz resteront debout simultanément, il y aurait, par là, une route ouverte pour la délivrance et pour reprendre notre sol. Mais c'est une question de temps; il y a donc un compte que les événements porteront à l'actif des espérances ou au passif qui nous grève.

Hors cette voie, les moyens réparateurs qu'elle laisse espérer, l'humanité, la raison politique, qui impose son frein à l'indignation la plus justifiée, conseilleraient la paix. Un malheur nouveau ferait-il naître un surcroît d'exigences dans le traité de sauvetage? Nous ne voulons pas le supposer. Mais en attendant, quel fleuve de ruines et de sang!

Seulement, en France, il arrive que quand on n'est pas dans le sens de l'opinion dominante, suivant que l'apathie ou l'excitation règnent, on est fol ou lâche. Ce brevet est décerné par les nouveaux convertis, ceux auxquels revient la responsabilité de la faute. Quel plus instructif exemple que celui de M. Thiers! On n'admet pas qu'un homme puisse, dans sa conscience, sa raison, se mettre à part du courant. S'il veut rester la propre voix d'un patriotisme éclairé au lieu d'être l'écho du refrain adopté, c'est le soupçon, pire que cela. — C'est ainsi que les illusions se succèdent sans conduire au port.

On dirait qu'il est des temps où les esprits éclairés, échappant à eux-mêmes, semblent être e jouet de ce que les anciens appelaient le *fatum*.

PAS D'ILLUSION.

La science de la guerre consiste à ce que les moyens se trouvent toujours en rapport avec le but. — Il faut des forces suffisantes pour tenir la défensive; il faut des forces submergeantes pour l'attaque, de manière à briser toute résistance. — Voilà le système amené par Moltke à ses conséquences mathémathiques.

Quels moyens a la France livrée sans défense par son empereur? La démoralisation créée par lui est tout à la fois politique et militaire.

Le second Empire n'était qu'une fantasmagorie enluminée d'artifices. L'Empereur était le

dieu devant lequel il n'y avait ni droit ni mé-
rite. Il a altéré le fort esprit de l'armée, comme
toutes les forces vives qui sont l'essence d'un gouvernement.

D'un autre côté, le socialisme, par ses idées
fausses, ses utopies, sans tenir compte du milieu
de l'organisation établie, est venu tout mettre en
question. L'armée en a senti le contre-coup. On
ne s'en doutait pas, quand le plébiscite vint sil-
lonner l'abîme d'un éclair précurseur. Toujours
est-il que les apôtres de Belleville, qui se sont
tant occupée du soldat, l'ont embrouillé dans un
labyrinthe de doctrines hybrides. Tour à tour
l'individu se trouvait juge suprême des institutions dont il devait faire litière, ou être réduit à
l'état d'une machine subordonnée à suivre une
impulsion collective. Il en est résulté cette confusion, métempsycose latente dont la guerre a
révélé l'altération. Le soldat s'est trouvé désagrégé
de ses chefs, par l'esprit nouveau. Lorsqu'au
jour du sacrifice du sang, qui fait de la foi à sa
cause, de la confiance au commandement les
conditions vitales du succès, il s'est senti défaillir
en trouvant à sa tête des favoris empanachés,
étrangers à leur métier, même sans la pudeur
de leurs hauts grades.

L'autorité incontestée du commandement est
donc une des premières conditions de la victoire.
L'histoire en a témoigné toujours, la Prusse en
est la preuve irrécusable aujourd'hui.

Dans cette situation, il faut envisager la réa-
lité. — Laissons l'état de la France, si tourmen-
tée par des partis divers, où des folies, se consti-
tuant à part dans de grands centres, comme Lyon,
Marseille, Toulouse, Limoges, ne peuvent que faire
beaucoup de mal, en détournant ce qu'il serait
plus patriotique de reporter à la défense nationale.

Est-ce que la destinée de la République exige-
rait que la France parcourût les stations de ce
sanglant Calvaire? La pensée chrétienne et so-
ciale d'arrêter ce flot de douleur doit confédérer
tous les peuples.

Paris, fier, inébranlable, prêt à tous les sacrifices, est un des plus émouvants spectacles de
l'histoire. Seulement, en présence de cette organisation allemande formidable, de ses grandes armées disposées de manière à rétrécir et à fermer,
chaque jour, le cercle des assistances, Paris apparaît comme la grande victime d'une série de
fautes, dont la République n'avait pas la responsabilité. Malheureusement sa ligne de conduite
n'a fait que compliquer la situation.

M. de Bismark, lui-même, doit sentir trébu-
cher l'idée du bombardement ou de la famine
dans l'horreur de l'outrage. — Il ne le commet
pas seulement contre la France, mais contre la
Rome de la civilisation moderne. C'est le centre
où tout converge, c'est la constellation dont l'at-
traction entraîne les autres peuples dans son orbite.

C'est pourquoi, nous ne saurions assez le répéter,
l'intervention des puissances spectatrices émues
seule est capable de trancher le nœud gordien,
œuvre de la politique embrouillée de Napoléon III.
La France, la Prusse peuvent et doivent accepter
cet arbitrage amiable, tout officieux, de manière
à ce que l'humanité trouve sa satisfaction plé-
nière dans la part faite aux circonstances.

Les neutres sont appelés à être les agents ac-
tifs du retour de la paix. Les motifs d'ambition,
les adages vulgaires, ne sauraient réclamer crédit
et cours, en face de cette grande boucherie
d'hommes, qui stupéfie les contemporains, en attendant qu'elle courrouce l'histoire.

Le gouvernement provisoire est sûr que la représentation convoquée plus tard ne cassera pas
l'œuvre humanitaire des arbitres. La Prusse a
une garantie, la meilleure de toutes : c'est que
Sédan et tous les désastres qu'il a amenés, ont

mis le bâillon pour un siècle sur le parti de la guerre. Elle est discréditée par l'indignation qui a marqué, à tout jamais, du signe néfaste, — la race et le front de l'homme de Sédan.

TABLE DES MATIERES

CONTENUES DANS CET OUVRAGE.

www.ingramcontent.com/pod-product-compliance
Lightning Source LLC
Chambersburg PA
CBHW070801280626

47162CB00016B/1580